ラルーナ文庫

買われた男

野原 滋

CONTENTS

Illustration

小山田あみ

買われた男

本作品はフィクションです。
実際の人物・団体・事件などにはいっさい関係ありません。

音もなくドアが開いた。冷たい空気が部屋に流れ込んでくる。

冷房の効いた部屋は、だけど自分の発した熱で暑かった。エアコンのない廊下のほうが涼しかったのかと、身体中に汗を滲ませたまま、三島孝祐はぼんやりと考えた。

自分を見下ろしている人の気配に、俯けていた顔を上げる。

「買い手が決まったようだ。上客だよ」

孝祐のすぐ横で声がした。

今の今まで、さんざん孝祐の身体を弄んでいた男が、耳元で「よかったじゃないか」と囁いた。よかったというわりには、その男――溝口の声音には、祝福の感情なんか微塵も入っていない。

「ほら、ちゃんと顔をお見せしろ」

朦朧としたまま、ゆっくりと視線を上げる。男が二人、孝祐を見下ろしていた。

ああ、俺はこの人たちに買われたのか。

孝祐を買いに来た人は、二人ともなぜか着物を着ていた。細い縞の入った濃紺の麻の着流しに、もう一人はグレー一色の着物だ。二人とも薄手の羽織を着ていて、残暑の残る外はまだ相当暑いと思うのに、涼しげな佇まいだ。

着物姿の男性の二人組は相当目立つ。しかも今いる場所と状況にまったくそぐわない。

『掃き溜めに鶴』なんていう古臭い言葉を思い出し、孝祐は思わず笑ってしまった。

椅子にぐったりと身を沈めたままニヤニヤしている孝祐を、和装の二人が見つめている。

「お宅らでしたか。まいど」

溝口が軽い口を利き、二人に挨拶をした。

「二人でお出でになるとは、また珍しいこともあるもんだ。しかしいい日に来ましたね。どうですか、桐谷さん。いいでしょう、これ」

孝祐のことを、まるで物のように言っている。

そんな溝口の声に、二人のうちのグレーの着物のほうが、うんうんと柔和な笑みを浮かべて頷いた。『桐谷』というのがこっちのほうらしい。年は四十代半ばぐらいか、もう少し若いのかもしれない。和装だから落ち着いて見えるのか。

「初物だそうだね。また綺麗なのを見つけてきたじゃないか。若いな。いくつ？」

放心状態のまま黙っている孝祐の頭を溝口に小突かれた。

「いくつだって聞いてんだよ。おら、ちゃんと答えろ」

年齢も知らずに人のことを売ってんのかよと溝口を睨むと、もう一度頭を小突かれた。

桐谷が軽い笑い声を立てる。

「なかなか生意気そうだね。いいじゃないか。で、いくつだい？　まさか未成年じゃないだろうね」

桐谷が孝祐の顔を覗いてきた。目の色は薄く、柔らかい笑い皺を目尻に作っている。

「……二十一」

孝祐の答えに、桐谷は「なら面倒はないね」と、頷いた。

「どうだい？　宗司。私はいいと思うんだが」

宗司と呼ばれた濃紺の着物の男は、孝祐を一瞥し、「いいんじゃないですか」と、さして興味もなさそうな声で言った。

こちらの男のほうは三十前後に見える。初老の男性よりもだいぶ背が高く、百九十近くはありそうだ。整った顔つきは、だけどかなりの強面だ。溝口は柄の悪い強面だが、こっちは少しだけ品があるようにも見える。これも和装の効果なのかもしれない。

真っ直ぐな眉にすっきりとした鼻梁。目つきは鋭く、冷たい。引き結んだ唇は笑うことなんかあるんだろうかと思うほど固く閉じられていた。出す声も低く、抑揚がなかった。

身体が大きいのも手伝って、立ち姿に凄みがある。ドラマや映画で見るやくざ者のようだ。それもかなり上の立場のほう。幹部とか、若頭とか、そんなふう。

もっとも、こんな場所に客として来るくらいだから、本当にその筋の人なのかもしれないと、硬い表情で孝祐を見下ろしている男を見て思った。

薄暗い部屋の中央で、孝祐は全裸のまま椅子に座らされていた。目の前にはビデオカメラが設置されている。

普段は固く閉ざされているビルの地下にあるスペースは、数ヶ月に一度、不定期に開催されるオークションの会場として開放される。

商品となる人間は、この地下の部屋にそれぞれ閉じ込められ、様々な形で紹介される。どこか別の部屋に集まったクライアントたちはモニター越しにそれらを見て、買うかどうかを決め、値段を交渉するのだ。

孝祐がこの部屋でされていたことを、この二人も観賞していたのだろう。

「随分いい表情をすると思ってね。これはなかなかの掘り出し物だ。なあ、宗司」

そして孝祐を気に入り、実物をこの目で確かめに来たらしい。

ゲス野郎だなと思う。

「そうですね」

宗司が相変わらず興味のなさそうな声を出し、桐谷が笑いながらそんな宗司をチラリと睨む。

「お前のためにわざわざここまで足を運んでいるんだよ。もう少し真剣に選んでほしいね」

桐谷の声に、宗司が改めて孝祐の顔を見つめた。温度の低い目の色はまったく変わらず、その瞳（ひとみ）のまま「いいと思います。……丈夫そうだし」という言葉にゾッとした。

「うん。そうだね。これなら多少手荒なことをしても壊れそうもない。じゃあこれに決めていいね？」

二人のやり取りは、まるで家具でも選んでいるような気軽さだ。丈夫そうとか壊れそうにないとか、いったい何を基準に選ぼうとしているのか。

「……んだよ、それ。何するつもりなんだよ」

「おら、商品は黙ってろ」

溝口にまた頭を小突かれた。

「手荒なことってなんだよ。俺を壊す気か」

「黙ってろって。商談が進まないだろうが」

次にはゴン、と拳（こぶし）を脳天に落とされ、「痛てっ」と思わず叫び、溝口を睨み上げると、桐谷がますます楽しそうに「いいねえ」と言って笑った。

「すぐに味見しますか？　部屋を用意しますよ」

溝口が言い、桐谷は「いやいや」と笑顔で手を振っている。

「持って帰るよ」

今度は弁当のように孝祐をテイクアウトする算段をしているからますますギョッとした。

一時の恥と苦痛で済むのかと思っていたのに、持ち帰るとか冗談じゃない。

「期間はどれくらいで？」

「ああ、とりあえず、一週間ってところかな。どうだい？　宗司」

「ええ。それくらいあれば」

三人のやり取りを聞き、孝祐は目を丸くする。

「……ちょっ、一週間ってなんだよ。聞いてねえぞ！」

「てめえは黙ってろ」

「黙るわけねえだろうが！　一週間ってなんだよ！　俺はその間ずっとこいつらのおもちゃにされるのか？」

「うっせえな！」

髪を引っつかまれ乱暴に揺らされながらも大声を出す孝祐を、溝口が恫喝（どうかつ）した。

「聞いてねえもクソもねえんだよ。そういう契約でお前はここにいんだろうが」

髪ごと孝祐の頭を鷲摑（わしづか）みにし、溝口がすぐ目の前に顔を近づけた。

「お前に文句を言う権利はねえんだよ。おとなしく客の言うことを聞くんだな。……逃げることなんか考えんなよ？」

溝口の口端がニヤリと上がる。

「まあ、逃げたところで、逃げ切れるわけがねえけどな。お前が逃げたら、……あいつらがどうなるか。……分かってんだもんな……？」

下卑た笑いを載せて、溝口の唇が動く。

「覚悟の上でここに来たんだろ？　よかったじゃねえか、ちゃんと客がついて」

痛みに耐えながら、笑っている溝口を睨みつける。孝祐のへこたれない態度に、楽しそうに片眉を上げ、溝口が手を離した。その手で今度はポンポンと肩を叩いてくる。

「しかも相当な上客だぞ。マジでよかったな」

何が上客だ。どうせろくでもない連中だと、こっちを見下ろして笑っている初老の男と、冷血な目をしたやくざ顔に視線を移す。

「本当に活きがいいねえ。大丈夫かい？　宗司」

「ああ、平気でしょう。縛ってしまえば抵抗もできないだろうし。おとなしくなるしかないんじゃないですか？」

やくざ顔がサラッと言った言葉に瞠目する。孝祐の横では溝口が笑っている。

「ではお買い上げということで。いや本当、いい日に来ましたよ。お二人で出かけてくるなんて、初めてですからね」

「ああ、たまにはこの子に選ばせてあげようと思ってね。まあ、無理やり連れてきたんだけど。どうにも物臭でねえ。だけど足を向けてよかったよ。いい買い物ができた」

「これからもご贔屓にお願いしますよ」

「そうするよ。なあ、宗司」

「今度は宗司さん一人で来てくださいよ。うちの店のほうにも。サービスしますよ。個人的にも是非親交を深めたいと思ってるんですよ。……俺のほうはね」

ヘラヘラと下卑た営業トークをしている溝口に対し、宗司は相変わらず硬い表情のまま黙殺している。溝口はそんな宗司の態度に慣れているのか、単に性格が図太いのか、まったく意に介する様子もなく、「本当に」と言って笑った。

そして溝口は孝祐のほうに向かい、「お前もせいぜい可愛がってもらえよ」と、楽しそうに言うのだった。

＊＊＊

残暑厳しい九月の中旬。その日、孝祐は新宿のある店にいた。広いフロアはラウンジバーのようで、午後の今はまだ営業していない。

凝った装飾の家具にソファ、重厚な一枚板のカウンター、照明はシャンデリアだ。店の中央にはルーレットの台がある。

高級そうな、それでいてどこか胡散臭い香りのする店内で、孝祐は自分をここへ連れてきた先輩と一緒に座っていた。

高校を中退した孝祐は、地元でアルバイトを転々とした後、今隣にいる先輩の幸田を頼って上京してきた。幸田の部屋にしばらく居候させてもらい、職も紹介してもらった。今は自分でアパートを借り、居酒屋で働きながら生活をしている。

孝祐の隣では、幸田が緊張の面持ちで座っていた。幸田はやはり新宿でバーテンダーの仕事をしている。深夜から明け方までやっているバーには、このラウンジで働いている女性たちが仕事終わりによく寄るのだそうだ。

店長の使いでここのオーナーに会いにいくのだが、一人では心細いから孝祐についてきてくれと頼まれ、こうしてここにいる。仕事は夜からだし、上京してからずっと世話になっていた先輩の頼みを断る理由はなかった。店の雰囲気を見れば、先輩の心細いという言葉も理解できた。

豪奢(ごうしゃ)な装飾が施された店内は、よく見るとあちこちにカメラが設置されている。中央にあるルーレット台はインテリアではない。夜になり照明が点(つ)けば、明かりが消えている今よりも、ずっと妖(あや)しい雰囲気が増すのだろう。ここは女性と酒を飲みながら、カジノも楽しめる場所のようだ。

やがて店の奥から男が一人やってきた。スーツを着た背の高い男がゆったりと歩いてくる。切れ長の目は笑っているが、どこか油断ならない光を放っていた。

幸田が立ち上がり、孝祐もつられて横に並ぶ。

「よう。ちゃんと連れてきたな」

男の声に、え、と隣にいる先輩に目をやった。単なる付き添いだからと言われてついてきたのに、男の口振りは、孝祐を連れてくることが目的だと言っているように聞こえたからだ。

孝祐に見つめられた先輩は、バツが悪そうに下を向いたまま、孝祐のほうを見ようとしなかった。

「こっち向け。顔を見せてみろよ」

唖然としている顎を乱暴に掴まれ、孝祐は無理やり男のほうに向かせられる。

「何すんだよ！」

男の不躾な言動に反射で叫び、振り払おうとした腕を掴まれた。身体を引こうとしても、男の手は微動だにせず、腕と顎を掴まれたまま、容易に動きを封じられてしまった。

「あれ？　何も聞いてないのか。……ああ、まあ言えねえよな」

百八十近く身長がある孝祐だが、それよりも背の高い男が、笑いながら顔を近づけてきた。孝祐を掴んでいる手は、ゾッとするぐらい力が強い。真っ黒な瞳が細められ、じっとりと観察された。

「ふうん。綺麗な顔してんな。写真よりもずっといいわ」

普通の男よりも繊細な容貌を持つ孝祐は、人に注目されることも多かった。生まれつき色素が薄く、肌も白い。子どもの頃は人形のようだと言われ、可愛いと評されたものだが、骨格がしっかりしてきた今は、可愛いから綺麗と言われるようになった。モデルかと聞かれることもあり、実際街を歩けばよく声をかけられる。

　だから綺麗と言われるのにいちいち反応することもない。見られることにも慣れている。だが、この男の舐め回すような視線は我慢ならなかった。まるで人を値踏みするような、無遠慮で厭らしい目だ。

　迫ってくる圧力も尋常じゃない。男の纏っているものは、この店同様、到底まともなものではなく、足元から恐怖が這い上がってくる。

「……離せよ。なんだよいきなり！　つか、何？　写真って。なあ、先輩」

　ギリギリと顎に食い込んでくる指の力に顔を顰めながら、精一杯の抵抗の声を出す孝祐を、男が楽しそうに見つめている。

「気も強えな。いいんじゃないか？　いくら顔だけ整ってても、覇気がねえのは楽しくねえもんな。こりゃいい目玉商品になるよ。でかしたな、幸田君よ」

「だから言ってる意味分かんねえんだって！」

「あの……っ、溝口さん。俺、やっぱり……」

　幸田がそう言いながら、溝口と呼ばれた男の腕を掴み、孝祐から引き剝がそうとした。

「やっぱりやめます。すみませんでした。あの、こいつ関係ないですから」

「ああ？」

　幸田に縋りつかれた溝口が、剣呑な声とともに乱暴に腕を振った。たったそれだけの動作で幸田の身体が吹っ飛び、床に尻もちをついている。

「今更何言ってんだよ。お前が連れてくるって言ったんだろうが。写真見せて、こいつどうですかって売り込んできたのはてめえだろうがよ」

「そうですけど、……でも、孝祐は本当に関係ないし。すみません、勘弁してください」

幸田と溝口とのやり取りを聞き、孝祐は愕然とした。つまり幸田は、孝祐の写真をこの溝口に見せ、孝祐を売ったらしい。

「だから今更遅えんだって。やっぱりやめますで済む話じゃねえんだよ」

そして今になって自分のしたことに怖気づいたのか、必死に撤回しようとしているのだ。

「とにかくすみません。こいつ帰してやって……」

「うるせえっ」

立ち上がって懇願してくる幸田を、溝口が怒鳴って黙らせようとする。一方的な恫喝に孝祐はカッとなった。

「てめえがうるせえんだよっ！　離せってば、この野郎っ！」

しつこく孝祐の顔を摑んでいる溝口の手首を両手で握り、渾身の力で振りほどいた。燃えるような目で睨みつける孝祐を、溝口は「お？」と馬鹿にしたような半笑いで見返してくる。

「いい度胸してんな。しかしそういうのは早死にすんぞ、ん？」

ニヤニヤしながら溝口が側にあるソファにどっかりと腰を下ろした。その後ろには溝口と同じようにスーツを着た男が二人、いつの間にか立っている。気がつけば孝祐の背後にも人がいた。

「気が強いのはいいけどよ、状況を考えるんだな。おとなしくしとけ」

囲んでいる男たちは全員強面で、ガタイは武道家のようだ。そして目つきも纏う空気も、やはり堅気ではない。溝口の後ろにいる丸坊主の男なんかは目の横に大きな傷がある。孝祐が少しでも不穏な動きを見せれば、容赦なく行動を起こすのだろう。

「命まで取ろうってんじゃないんだから。……まあ、暴れたら保証はできねえけどな」

ニヤつきながら孝祐を眺めている溝口の顔を見て、終わったな……と思った。

こういう輩に目をつけられてしまったら、容易には解放してもらえない。街中で不意に因縁をつけられたわけではなく、はっきりと目的を持って、孝祐はここへ連れてこられてしまったのだ。

常識的な社会通念など通じない、ここは裏の社会だ。先輩の幸田は何かの拍子にこっち側に片足を突っ込んで、孝祐はそれに巻き込まれてしまったらしい。

「……けど、マジで意味分かんないんすけど。俺、先輩に恨まれるようなこと、何かしましたっけ？」

考えなしに幸田を頼りに上京し、当初は住む場所から職まで世話してもらった。迷惑もかけただろうし、甘えすぎたところもあったかもしれない。だけど、やくざに売られるほどの恨みを買ったとはどうしても思えない。

「ごめん、孝祐。違うんだ。俺の考えが足りなかった。本当ごめん……」

幸田が謝ってくるが、許すも何もない。問題は何一つ解決していないし、孝祐が何かとんでもないことに巻き込まれていることも変わらず、溝口も考え直した様子もない。

溝口が手を伸ばし、茫然と立っている孝祐の腕を引っ張った。「まあ座れ」と、自分のソファの横に孝祐を引きずり落とす。ガッチリと肩を組んでくるのは決して親愛のためのスキンシップではなく、逃がさないぞという恫喝のアクションだ。

「お前の先輩の幸田君がな、俺の店の子とデキちまってさ」

溝口の経営する店は新宿を中心に複数あり、その中には風俗店もある。そのうちの一つに勤める女性と、幸田は親しくなったらしい。深夜営業をしている幸田の店は、そういった子たちの溜まり場となっていて、客と恋愛関係になるのはご法度なのだ。

「まあ、その辺は感情のある人間のことだから、トラブルさえ起こさなけりゃ、こっちだって目を瞑るわけだよ。……ある程度はな」

金のためにと割り切って働いている人間もいれば、その他のやむにやまれぬ事情で働く人もいる。溝口たちやくざの手によって、いわゆる「沈められた」女性というのもいて、幸田が手をつけたのは、そういう人だったのだ。

「息抜きに恋愛ごっこをするぐらいなら大目に見るんだがな。病気と妊娠さえ気をつけてくれればよ。それで仕事に穴空けるなんてのは、いけねえよな。ましてや手に手を取って逃げようなんて画策されちゃあさあ。……こっちも動かねえわけにはいかねえんだよ」

厳しい管理下に置かれていた女を匿い、幸田は彼女を逃がそうとしたのだ。結局浅はかな逃亡計画はすぐに遮られることになり、逃げようとした彼女とそれに加担した幸田には、ペナルティが課せられる結果になってしまったのだという。

「お前ら二人のために、どれだけの人間が動いたと思ってんだ。負った損害はいくらだと思う？　仮にも夜の商売に足突っ込んでいる身で、自分のやったことがどういうことかは分かるだろうになあ……」

溝口が幸田とその女性のやらかした愚行を、楽しそうに孝祐に語る。

「本当馬鹿だよな。俺らそういうのを追い詰めるのが専門よ？　なんで逃げ切れると思うのか」

孝祐の肩に腕を回し、溝口が高らかに笑う。目の前の席には幸田が座っていて、強面の男たちに囲まれたまま項垂れていた。

「……この店な、地下に別のスペースがあるんだよ」

肩に回された腕で引き寄せられ、溝口に顔を覗かれた。目の光は相変わらず強く、感触は乾いているのに、どこか湿っている。蛇のような男だと、その目を見て孝祐は思った。

「何ヶ月かに一回行われるイベントがある。いわゆるオークションっていうやつ。特別な客を招待してな。それにその女を出品しようと思ったんだけどよ」

　面白そうに溝口が幸田を見た。

「トウが立ってて売り物になるかは分からねえが、まあ、酔狂な客が手を挙げるかもしれねえし。ちょっとでも回収できたら儲けもんだ」

　人間を出品するという言葉を、溝口はさも当然のようにさらりと言ってのける。そして逃げたその女を、オークションに出品する商品の一つとすることにしたのだ。

「準備を進めていたところに、またこいつが邪魔しに来たんだよ。どうしてもそれは勘弁してくれってさ。お前、女逃がそうとしておいて、それはねえだろって話だよな！　金ならなんとかするって、阿呆か。てめえが用意できるぐらいの金額なら、女一人でとっくにどうにかなってんだよ。笑わせんな」

　高笑いする溝口の前で、幸田が拳を握っている。小刻みに震えているのは、恐怖からではないと分かる。溝口の口調は明らかな挑発で、たぶんこの調子で煽られていったのだろう。人の弱みにつけこみ、あるいは逆鱗にわざと触れ激昂させる。相手の判断力を奪い、有利にことを運ぶのは、こいつらのやり口だ。

「しまいにゃそのオークションに自分を出してくれとかよ。誰が買うんだよ。てめえみたいな不細工な男をよ」

吐き捨てるように溝口が言い、なあ！　と孝祐の肩を抱く。

「女は出すな。金はねえ。けど勘弁しろとか、滅茶苦茶だ。だから代わりに誰か寄越すんなら考えてやるって言ったんだよな」

そう言って溝口がこちらに顔を向けた。相変わらず蛇のような目で孝祐の顔を覗き、笑っている。薄い唇から赤い舌がチロチロと飛び出しそうな、執拗で下品な顔のまま。

「とびきり別嬪なら男でも女でも構わねえって言ったんだ」

ギリギリまで近づいた溝口が、口端を上げる。

「先輩は喜んでお前の写真を出してきたよ。……可哀想にな。お前売られちまったんだよ、先輩に。信頼してただろうになあ」

同情を装いながら、楽しそうに溝口が笑った。

自分がここに連れてこられた経緯は分かったが、あまりの理不尽な成り行きに、到底納得はできなかった。どう考えても自分はとばっちりの被害者だ。

「……でもこれ、完全に話おかしいですよね。俺があんたらに従う義理は一つもないじゃないですか。ってことですいません、帰るんで」

しつこく肩に回っている腕を押し上げながら孝祐が言うと、溝口が「何言ってんの？」と素っ頓狂な声を上げた。

「こんな上玉を献上してもらって、逃すはずがねえだろうが。……男でこんだけ綺麗な顔、滅多にねえしな。すでに客にも宣伝打ってるし。今更変更はできねえんだよな。この期に及んで用意できませんでしたなんて、信用に関わるだろ？　お前がいないと困るんだよ」

「そんなこと言われても俺、関係ないし」

「関係あるだろう。お前の先輩だろ？　先輩の責任は、後輩が取るもんだ」

「……っ、ふざけんなよ！」

いくら幸田には世話になったからといって、許容できるものではない。幸田の彼女は気の毒だし、幸田自身も大変だと思う。だが自分が犠牲になる義理は一つもないのだ。

前にいる幸田が椅子から滑り落ちるようにして床に膝をつき、土下座した。

「すいません。本当勘弁してください。こいつは本当に関係ないんです。お願いします！　俺がなんとかしますから」

「だーから、……なんともなんねえって言ってんだろ」

孝祐の横で、溝口が低い声で唸る。

「オークションは今日行われるんだ。目玉がいるんだよ。こいつを出すってことで、もう準備は出来上がっているんだ。今更変えられねえんだよ。……ああ、そういえば、お前の女も裏でスタンバってるぞ」

幸田がハッとして顔を上げる。

「そんな……。話が違う。代わりを連れてきたら、あいつを見逃してくれる約束じゃないですか」

幸田の必死の形相に、溝口は「んー？　そうだったけか」と、しれっとした顔で言った。

「騙したんですか！」

「はあ？　知らねえな。商品の数は揃えとかないといけねえだろ。まあ、どんだけの値で売れるのかは分かんねえけどさ。青い顔して震えてるぞ？　可哀想になあ。お前が変な夢見させなきゃ、こんなことになってねえのによ」

唇を嚙む幸田の前で、クックッと喉を震わせて溝口が笑う。

「話は決まったな。よし、じゃあ行こうか」

溝口が立ち上がり、後ろにいた坊主頭が孝祐の腕を摑んで引き上げた。

「触んなよ！　俺は帰るんだよ。離せって」

騒ぐ孝祐を無理やり立たせ、店の奥に引きずるようにして連れていこうとする。

「ああ、そっちのは事務所に連れていけ。幸田、お前にも落とし前はつけてもらうからな。自分のしたことをたっぷり反省しろ」

溝口の命令に従い、別の男が座り込んでいる幸田の腕を摑んでいる。「ひぃ」と、小さく叫び、幸田が乱暴に持ち上げられた。恐怖で足がおぼつかないのか、膝から崩れ落ち、「立てよ、おら」と恫喝されながら、いきなり腹を蹴られた。ゴッ……、という鈍い音がし、幸田が呻き声を上げる。

「……ちょっと待てよ。あんまりじゃねえ？」

蹲（うずくま）っている幸田を、三人の男がよってたかって蹴り上げている。鼻血を出し、みるみる顔の形が変わっていく幸田を見て、孝祐は我慢がならなくなってきた。

「俺を連れてきたら女は出さないって言ったんだろ？　その約束も蹴って、先輩はリンチで、俺はオークションて……。あんたら鬼かよ」

孝祐の声に、腕を摑んでいた男が「ああ？」と不穏な声を上げ威嚇（いかく）してくるが、孝祐はそれを無視して溝口のほうへ顔を向けた。

「一回約束したんなら、それぐらいは守れよ馬鹿野郎がっ！」

羽交い締めにされながら、溝口に向かって叫ぶ。今目の前にいる幸田と同じ目に遭わされるのだろうが、そんなことは関係なかった。それほどこの男のやり口に腹が立っていた。

信頼していた先輩に裏切られたのはショックだが、そうまでしてでも助けたかった女は、結局助かっていないのだ。そして幸田はボコボコにされ、孝祐もまんまとオークションに出されるのではたまらない。

「せめて女を解放してやれよ。約束なんだろ。俺もさっき聞いたぞ。別のを連れてきたら勘弁してやるってさ。自分で言ってたじゃんか。頭悪いのか？」

「言ってねえよ？　『考えてやる』とは言ったがな。頭が悪いのはお前のほうなんじゃないか？」

孝祐の悪態に溝口は飄々と言い返してきた。

「この野郎……っ！　ふざけんな、極悪人の卑怯者！」

孝祐を拘束している男に胸ぐらを摑まれ、乱暴に揺さぶられたが怯まなかった。抵抗しても素直に従っても、どうせ酷い目に遭わされるのだ。それならいっそ死んでも抵抗してやると、丸坊主の男を睨み返す。

「殴れよ。俺のこともボコボコにすんだろ？　骨でも全部折ってオークションに出しゃいいじゃねえか。あんたらならそれぐらいどうってことねえんだろ？　ゲスな鬼畜野郎だからな！」

「てめえ、いい加減にしろよ」

孝祐に向かって拳を振り上げるのを、溝口が「やめろ」と制した。こめかみに青筋を立てたまま、坊主の男の腕がピタリと止まる。

「出品前にあんまり汚くしたくないんだよ。価値が下がるから」

溝口が孝祐を見つめ「で？」と言った。孝祐がこれだけの悪態をついても屁とも思わないのか、溝口は笑っていた。孝祐の反抗を楽しんでいる様子だ。

理屈など通用しない連中だ。孝祐がどんなに騒ごうが暴れようが、こいつらは容易に押さえ込んで、孝祐は結局そのオークションというものに出されるのだろう。

だけど何も抵抗しないまま言いなりになるのだけは癪だった。元来の負けん気がムクムクと頭を擡(もた)げてくる。

「女をオークションのリストから外せよ。そしたら俺が出てやる」

孝祐の声に溝口が可笑(おか)しそうに笑った。

「お前の意思は関係ねえんだよ。女が出品されようが外されようが、お前は初めから出ることが決まってるんだから」

「……そうじゃなきゃ暴れるぞ」

「無理だな」

「無理でも暴れる。何されても暴れるぞ」

死んでも構わない覚悟での孝祐の声に、溝口の顔から笑みが消えた。孝祐の本気が伝わったらしい。

「オークションの会場に行っても暴れまくるぞ。買い物に来た客は、悲惨な場面を見ることになるだろうな」

手足を拘束されたら舌を噛み切ってやろうと思った。痛いんだろうな、できるだろうか俺、なんて考えが一瞬過(よぎ)るが、やってみせると自分を奮い立たせ、目の前にいる溝口を睨みつけた。

笑みを消した溝口は、物凄い眼力で孝祐を睨み返してくる。やっぱり本職のガン飛ばしは凄みがあるわと思いながら意地で逸(そ)らさずにいると、いきなり溝口の口端が上がった。

「……お前、根性あるな」

笑いながら孝祐の顔を覗いてきて「いいねえ。気に入ったよ、お前」と言った。

「分かった。お前の根性に免じて、女の出品はなしにしてやるよ。こういうことは滅多にしねえんだぞ？」

溝口が馴れ馴れしく孝祐の肩を叩いてくる。

「だからそれはもともとの約束だったんだろ。恩着せがましく言うなよ。ついでに先輩もこのまま帰してやってくれよ」

追加の注文をつけてやると、溝口が「調子に乗んなよ」と低い声で脅してくるから、羽交い締めにされている身体を激しく揺らし、逃げようとした。孝祐を押さえている男は怪我をさせるのが怖いらしく、焦った様子で「おい、動くなよ」と言っている。

暴れて逃げようとする孝祐に向かって、溝口が両手を上げ「あー、分かった、分かった」と降参のポーズを作る。

「分かったから、暴れんな」

その声を聞き、孝祐も動きを止めた。溝口が溜息をつき、孝祐を睨んでくる。目玉商品にしようとしている人間に怪我はさせたくないし、こんな若造の言うことを聞くのも面白くないのだろう。

「しかしお前も……」

忌々しげに孝祐を見つめていた溝口が言葉を切り、突然爆笑した。可笑しくて仕方がないというように身体を折り、震えながら笑っている。

「何笑ってんだよ」

不満の声を上げる孝祐の前で、溝口は笑いを引きずりながら「だってよ」と言って、またブハッと噴き出す。

「自分を騙した先輩を庇ってやんの。お人好しを通り越して、ただの馬鹿だ」

溝口の声にムッとしながら、自分でもその通りだと思う。なんでこんなやり取りになっているのか、全然経緯が分からない。やっちまったなあと思うが、あとの祭りだ。

「笑いたきゃ笑え。けどちゃんと約束は守ってくれよ。女は出品なしで、先輩もこのまま帰すって」

「ああ。分かってるって」

床に転がされたまま成り行きを見ていた幸田が、茫然として孝祐を見上げている。

……本当、すげえ世話になってるんだよなあと、その姿を見て思う。

地元にいた頃、友人や先輩たちに随分可愛がってもらった孝祐だが、親身になって面倒を見てくれたという点では、幸田が一番だった。だから上京しようと思った時には幸田の顔が最初に浮かんだし、実際孝祐の面倒を幸田はみてくれた。

孝祐に劣らず先輩がお人好しなのは、今この状況に陥っている原因を考えても明らかで、どうしようもなく浅はかな行動だが、こういうところがある人だというのは、孝祐も知っていた。その甘さで、転がり込んだ孝祐の面倒をみ、女を逃がそうとし、挙句溝口に騙され、利用されたのだ。

「けど癪に障るんだよ！　あんたらだけがタダで得すんのが」

孝祐の正直な言葉に、溝口がははは、とまた声を上げて笑った。

「お前面白いな。馬鹿だけど」

「うるせえよ。馬鹿なのは知ってるよ」

顔だけだとはよく言われるし、高校中退なのもそのせいだ。だいたいが物事を深く考えないし、すぐに結論を出そうとする。それでどれだけ損をしたことか。だけどどうしようもないのだ。

「じゃあ、さっそく準備に入ってもらおうか。いやあ、自分からオークションに出たいなんて嬉しいねえ」

溝口に促され、孝祐は自分の足で店の奥へと向かった。

「孝祐……」

床に座っていた幸田が孝祐を見上げた。大きく見開かれた目には、感謝と深い同情の色が浮かんでいる。

「ごめん。孝祐。本当ごめん……」

「戻ったら文句が山ほどあるんだからな、先輩。雲隠れとかしないで、ちゃんといてくれよ」

冗談っぽい口調で、わざとそんな口を利く。幸田は引き攣った顔をしながらも、孝祐の顔を見つめ、何度も頷いた。

男たちに連れられ、店をあとにする。溝口が「頑張れよ」と、適当な労いをくれた。

「せいぜい高値がつくように、お膳立てしてやるからな」

楽しそうな声は相変わらず陰湿で、これから行われるオークションというものの行方を物語っているようだった。


店の裏口から狭い廊下を渡り、エレベーターに乗った。

細い廊下にもあちこちに監視カメラが設置され、ずっと見張られているような気がする。

エレベーターから降り、再び狭い通路を抜け、ドアの前で止まる。ビルの地下は迷路のようになっており、ドアの前に着いた頃には、エレベーターのあった方角が分からなくなっていた。自分の物覚えが悪いせいもあるのだろうが、きっとそれだけではない。

孝祐のように商品として連れてこられた人間が、容易には逃げられないようにしているのだ。そして、外から敵、もしくは警察なんかが入ってきた時には、時間稼ぎができるようにと考えてのことだろう。

部屋に入れられスチール製のドアが閉まると、外からの音が何も聞こえなくなった。

六畳ほどの部屋は、さっきまでいた店とはまるで違い、装飾品などは何も置かれていない。無機質なコンクリートの壁に囲まれた中心に、肘掛け付きの椅子が一つ。椅子のすぐ脇には、スタジオにあるような背の高い照明器具。正面にはビデオカメラが三脚に設置されていた。

「服を全部脱いでこっちへ寄越せ」

孝祐を連れてきたスキンヘッドの男に命令され、ノロノロと着ていた物を脱いでいった。下着一枚になり、そこで「これも？」と聞くが、男は返事をくれずにただ睨みつけるので、仕方なくそれも取った。

衣類を全部取り上げられ、男が部屋から出ていった。全裸で部屋に取り残される。これじゃあ逃げるチャンスが巡ってきても無理だったよなと今更思った。ボコボコにされる覚悟はあっても、新宿の街を全裸で駆け抜ける勇気は、自分にはない。

孝祐の啖呵に溝口が終始余裕の態度でいたのも、絶対に無理だと分かっていたからだろう。……まあ、自分も半分以上は強がりで喰ってかかっただけだったが。言いなりになるもんかと懸命に交渉したあれは、結局は溝口の気まぐれ一つで成立したに過ぎない。

それから服を取り上げたのは、逃げるのを阻止するためだけではないらしい。

椅子の前に設置されているビデオカメラで、自分のこの姿を、どこか別の場所でオークションに参加している客が見るのだろう。どれくらいの人数が集まっているのか、どんな人種なのか、まったく見当もつかない。どうせろくでもない人間たちの集まりだろうことだけは推測できた。

それにしても、と狭い部屋を見回してみる。

オークションというぐらいだから、広い会場のステージに上げられ、客席から声がかけられるようなのを想像していた。なんとなく拍子抜けな気分だ。

「……客側も素性を知られたくないわけか」

孝祐と同じように「商品」としてこういう部屋に閉じ込められているのは、いったい何人いるのだろうか。皆孝祐や幸田のように脅され、あるいは何かの報復としてこうしているのだろうか。裏社会のシステムなんかまったく分からないし分かりたいとも思わないが、のほほんと適当に生活しているすぐ間近で、こんなことが行われているのだという事実に、孝祐は驚愕していた。

部屋に一人取り残され、所在なく立ち尽くしていると、スチールのドアが音もなく開いて、溝口が入ってきた。全裸のままぼーっと立っている孝祐を認め、ニヤリと笑う。

「なんで立っている。椅子があんだろ」

「どうしていいか分かんねえんだもんよ。つか、オークションっていつ始まんの？」

　孝祐の問いに、溝口は相変わらずニヤけた顔のまま「もう始まってる」と言った。

「え？」

　驚く孝祐の前で、溝口がビデオを指さした。

「ランプ点いてるだろ。お前のその姿、そのまま見られてるぞ」

　言われてカメラのほうに目をやると、なるほど撮影中の赤いランプがチカチカと点滅していた。

　いつの間に始まったのか、それともここに入ってきた時にはもう始まっていたのか、とにかく孝祐はすでに商品として客の前に陳列されているらしい。

「で？　売れたのかよ。値段はどれくらい？　百万だ二百万だって、値段交渉みたいなのをするんだろ？」

　孝祐が聞くと、溝口がはは、と軽く笑い「お前にそんな値がつくかよ」と言って、なぜか上着を脱いだ。

「これから値がつくように、機能つうか、商品価値を客に紹介するんだろ？　まずはじっくり見てもらおうか。カメラに向かって立て」

　溝口に言われるまま、カメラの前に向き直る。このレンズの向こうに自分を買おうとしている客がいて、吟味しているのかと思うと、気味の悪さに寒気が走った。

次には後ろ、次は横だと、全方向から身体をゆっくりと撮られていく。

「笑ってみろよ。ちょっとは愛想よくしねえか？　『どうか僕を高く買ってください。ほら、綺麗でしょう』とかよ」

からかってくる溝口を無視し、淡々と身体の向きを変えていった。笑顔なんか作れない。騙されて無理やり連れてこられているのだ。不愛想なのが原因で、売れ残りでもしたらかえって儲けもんじゃないかと思う。

「まあな。媚びなんか売るわけねえか」

溝口はそう言って、次には「座れ」と命令してきた。

「そんな素直な奴じゃあ、こっちも面白くねえからな。……楽しくなりそうだ」

物凄く嫌な予感がする。

溝口の命令を聞かずに立ち尽くしていると、もう一度椅子に向けて指をさされた。

「先輩と女を見逃す代わりに自分からオークションに出てやるって啖呵切ったんだろうが。今更怖気づいたなんて言うなよ？」

相変わらずニヤニヤしながら孝祐を挑発してくる。そうすれば孝祐が乗ってくると踏んでわざと言っているのだ。そして孝祐は、まんまと溝口の挑発に乗り、不機嫌な顔のまま、ドッカリと椅子に尻をつけた。

「失敗したなあ……」

　座っている孝祐のすぐ耳元で溝口の声がする。腰を屈めた溝口が、孝祐の顔を覗き込んできた。

「……何がだよ」

「こんなに面白い奴だって分かってたんなら、オークションなんかに出さずに、俺のイロにしておけばよかったと思ってよ」

　下品な冗談に孝祐が冷たい視線を送ると、溝口はますます楽しそうに口の端を上げた。

「好みなんだよ、……お前みたいなの」

　ゾッとするような笑顔で溝口が言い、目を細めた。

「気ぃ強えのをさ、追い込みながら仕込んでいくんだよ。手強い奴ほど自我が崩壊した時の征服感が大きいんだよな。お前、マジでいいよ」

「……ゲス野郎だな」

　孝祐の素直な感想に、溝口は相変わらず飄々と笑い、「どうも」と礼まで言った。

「たまんないね。……その生意気な口から、泣き声上げさせんのが」

　そう言って笑い、それから「じゃあ自己紹介をしてもらおうか」と言った。

「……自己紹介？」

「そうだ。カメラの向こうにいるお客さんに、アピールしなくちゃなんねえだろ？　ほら、カメラを見て」

言えよ、と低い声で促され、カメラに向かって名前を言わされる。自分と溝口しかいない部屋の、その向こうにある視線を感じ、ブル、と背筋が震えた。

名前を言ったきり、あとは何を言えばいいのか分からずに絶句している横で、溝口が「ほら、アピール、アピールが足んねえぞ」と言ってくる。

「アピールってどうすればいいんだよ！」

半分キレたようになり、尖った声で言い返す孝祐を、溝口が半笑いで見つめている。

「まったく、しょうがねえなあ。じゃあ俺が考えてやるから、俺が言った通りに言うんだぞ？」

親切そうに言われ、「三島孝祐。童貞です。はい、言えよ」と促され、「ふざけんな！」とすぐさま怒鳴ることになる。

「おら、復唱しろ」

「なんだよそれ。童貞って。関係ねえだろっ！」

「馬鹿野郎。大ありなんだよ。未使用ってのは価値が高えんだぞ。つうか、お前本当に童貞なのか？　お前の先輩からの情報だけどよ」

「……あの野郎」

写真を見せただけでなく、孝祐のプライベートな情報までも溝口に流していたらしい。同情して庇ったりするんじゃなかったと後悔するが、もう遅い。

「んで、マジで童貞？　女抱いたことはねえんだな？」

しつこく聞かれ、顔を背けながら「……そうだよ」と言った。

孝祐の返事に溝口が「マジでか」と笑うのでムカついた。

「悪いか」

「いやー、その顔で未経験か。なんでだ？　インポか？」

「ちげーよ！」

「じゃあ、男は？」

「ねえよ！　どっちもねえよ！　正真正銘未使用だっ！」

ガン切れで叫ぶ孝祐に、溝口は「そりゃあいいや」と満足そうに頷いた。

「皆さん聞きましたか？　今日の初物は、真っ新のチェリーです。可哀想な先輩を庇って、借金のカタに嵌められてここに来ました。友人思いの健気な青年です。その上童貞のバージン。どうでしょう」

「ちょ、……何言ってん……ぐ」

喰ってかかろうとする顎を強い力で摑まれて、無理やりカメラに顔を向かされる。

「その上ビジュアルはこの通り。これで完全未使用っていうんだから、希少価値です」

カメラに向けて、溝口が適当な売り文句を言っている。そして、「じゃあそろそろ本格的な商品説明をしようかな」と言って、顎から手を外した。

「椅子に両足を乗せろ」

　黙って睨みつけるが、溝口も倍の眼力で見下ろしてくる。

「そろそろ茶番は終わりだ。お前はオークションに出品されているんだよ。……足を開いて椅子に乗せろ」

　ついさっきとは打って変わった乾いた声を出し、溝口が命令してきた。

　言われた通りに両足を椅子の肘掛けに乗せると、どこから出してきたのか、溝口が紐(ひも)で孝祐の足と椅子とを縛ってきた。大きく開かれた両足を、肘掛けに固定される。

　それから溝口は、ピンポン玉ほどのボールを、孝祐の口に嚙ませてきた。

「……声を聞かせたいけどな。まずは塞(ふさ)いどく。ほら、パニックを起こして舌でも嚙まれたら困るからよ」

　目を見開いている孝祐に向かい、溝口が笑って言った。

　さっき溝口の店で大口を叩いた時には、舌を嚙み切ってやる覚悟で喰ってかかったものだが、溝口には全部お見通しだったらしい。あそこで孝祐がどんなふうに暴れ、抵抗しようと、溝口は簡単に孝祐の動きを封じることができたのだろう。

　孝祐程度の若造が反抗してみせたところで、この男には屁でもなかったのだ。仔犬(こいぬ)のようにキャンキャン吠(ほ)え、粋がる孝祐を笑って見ていたのに違いない。

「さあて、どんな方法でお前を売り込もうか。つうか、前も後ろも使ったことねえって。

やりにくいじゃねえか。迂闊(うかつ)に弄(いじ)れねえしよ。……そんならマジで惜しいことしたな。味見したかったぜ」

　ボールギャグを咥(くわ)えたまま足を大開きにして座っている孝祐を、溝口が見下ろしている。

「つうことで、初めてはお買い上げの方の楽しみにしといたほうがいいですよね？」

　カメラに向かって溝口がそんなことを言った。

　何もかもが未経験の孝祐を、売り側がやたらなことをしないほうがいいと判断したらしい。ということは、無体なことをされないで済むのかとホッとした。とりあえずの貞操は守られたらしい。

「それではここで、彼のオナニーを見てもらうことにしましょう」

　安心した矢先の溝口の言葉にギョッとする。

「ほら、やれよ」

「ゔ……？」

「やれよ、早く。手は自由にしてやってんだろ？　お客さんにお見せしろ」

　未使用だから手は出さないとして、だけど客には売り込まなくてはいけない。だから自慰行為をしてみせろと、溝口は言うのだ。

　こんな、両足を固定された状態で、口にはボールギャグを噛まされ、ビデオの前でやれと言う。それは他人から無理やり施されるよりもハードルが高い。自分で自分の性器を弄り、それを見てくれと、アピールしなくてはいけないのか。

「早くやれよ。客が退屈しちまうだろうが」

そんな低い声で唸られても、自慰をしたところで勃起できるのかも不安だ。

「やれ」

もう一度言われて、孝祐は仕方なく自分のペニスを握った。

「普段やってるように動かすんだぞ？　俺はこんなふうに感じてイッちゃってますって」

いちいちうるさい野郎だと睨むが、孝祐を見つめる目は笑っていなかった。顎でもう一度やれと促されて、ゆるゆると手で扱いていく。

人に観賞されながらの自慰行為なんか、想像したこともない。実際経験してみても、興奮するどころか、羞恥と情けなさでかえって萎えてくる。固定された足は痛いし、塞がれた口も不自由で、そっちに神経がいってしまう。

「ああ、下手くそだなあ……っ」

あまりにぎこちない孝祐の行為に、溝口がとうとう苛立った声を上げ、「貸してみろ」と孝祐の手を退けた。

「ぅぅ……（貸せない）」

口が利けないまま訴える孝祐を無視して、溝口がペニスを握り、扱き始めた。どんなに動かされてもこんな状況では興奮なんかできないと、激しく上下してくる手の動きを眺めていた。

「……まったく、こんなことで縮こまってんのか？」

孝祐のイチモツを扱きながら、溝口が耳元で囁く。さわさわと唇が撫でるように耳を掠め、ふ、と息を吹きかけられて、ビク、と肩が跳ねた。

「……じゃあ、ちょっと可愛がってやろうかな」

溝口が笑い、孝祐のペニスを扱いている手の動きが変わった。

片方の掌で軽く包み擦り上げながら、もう片方で下にある袋を揉んでくる。

「色が薄いな。ここもスベスベだ」

指の腹が根元をゆっくりと撫で、それからぐい、と押してきた。

「うぅう」

味わったことのない刺激に顎が上がる。気持ちいいとかじゃない。初めての刺激に反射で反応しただけだ。

溝口の手は両方がバラバラに動き、竿を撫で、根元を揉み、刺激してくる。亀頭の先端をクルクルと撫で、また別の場所を弄る。

「……あ、ここが好きなんだ？」

指先で尿道をコショコショと弄られたら、感じてないのに濡れてきた。違う、と首を振るが、溝口がその場所を執拗に責めてくる。

「ぅ、……ぅう、ゔ」

「お前、ここ弄られるのと狂うのかもな。そういう客が買ってくれるといいな、ん？　気持ちいいんだろ？」

　先端にある小さな穴を爪先でカリカリと引っかかれて、ビクン、ビクン、と身体が跳ねた。蜜がますます溢れ出してくる。

「ここに細い管入れてな、射精を留めるんだ。苦しいけど滅茶苦茶よくなるんだぞ？　想像してみろ。……ほら」

　ぐりぐりと先端を抉られ、身体の痙攣が激しくなった。しつこく扱かれ、下のほうも揉まれ続け、萎えっぱなしだったペニスがいつの間にか勃ち上がっていた。

「大きくなった。エラが張ってんな。それならここが気持ちいいだろ」

　括れの辺りを指でなぞられ、そこで初めて快感がきた。腰が浮いて溝口の手の動きについていくように厭らしく蠢き、止めようと思うのに、止められない。

「お客さんの前でちゃんと勃起したじゃねえか。じゃあ、手伝いはここまでだ。あとは自分で触ってみな」

　そう言って溝口の手が突然離れた。快感の兆しが見えた矢先に放置され、茫然とする。

「大丈夫。萎えないようにしてやるから。思う存分自分で可愛がるんだぞ」

　溝口の言っている意味が分からずにいると、溝口が手にした輪っかを孝祐のペニスに潜らせた。

「ぁう、……うう……っ」

根元に嵌められたそれが孝祐のペニスを強く締めつける。

「どんだけ扱いてもイケなくなった。どうする？」

からかうような声が聞こえ、目を見開く。反り上がったペニスの根元にリングが嵌まり、ギュウギュウと締めつけ、血が止まったような感覚に恐怖が走った。

「おら、自分で触ってみろ。今やり方を教えてやっただろ？」

溝口の指が茎を撫で上げると、突然壮絶な快感が走り、孝祐は背中を浮かせて反り上がった。

「ああ……気持ちよくなっちゃったか。蕩けた顔しやがって」

目の前に笑った溝口の顔がある。言い返したくても口は利けず、睨もうと思っても視界がぼやけ、焦点が合わない。

「自分で扱けないのか？　俺の指がいいか？　ん？」

溝口の指の腹がペニスの上を行ったり来たりする。そうしながら別の手が亀頭を撫で、摘まむようにコショコショと擽る。柔らかい刺激が物足りなくて、もっと……と思ってしまう。

溝口の手の動きを追いかけ、不自由な体勢のまま腰が前後して止まらない。

そんな孝祐の様子を観察していた溝口が、孝祐のボールギャグを外してきた。

「もう舌噛んだりできなくなったろ？」

「あ……、ぁ、ぁあ」

枷のなくなった唇から、すぐさま声が溢れ出た。溝口の目が細くなり、「いい声だ」と言って笑う。

「んぅ、……うぅ、っ、ぁ、ぁ」

出したくないのに声が出てしまう。溝口の指がまた孝祐のペニスを撫でてきて、腰が揺れた。

「刺激が足りねえか？　自分で触っていいんだぞ」

ほら、と手を取られて自分のそこに連れていかれた。何も考えずに握って扱く。

「っ、あ、ああ、ああ、ああっ」

とうとう大きな声が出た。懸命に扱くのに、出口がない。腰を揺らしても、手を上下させても、イクことができなくて、だけど触るのが止められないのだ。

「んっ、……はぁ、はぁっ、あ、あ、は……ぁ」

忙しく手を動かしながら首を振る。苦痛と快感が同時に追いかけてきて、逃げ場がない状況に苦しんだ。

「も、……取って、これ、……っ、取っ、て……ぇ」

泣き声に近い声が上がる。溝口の手が孝祐の顎を掴み、顔を上げさせられた。

「ほら、皆さんにいい顔をお見せしろ」

「や、だ……ぅ、あ、ああ、あぁぁ」

仰け反り、叫ぶ。手は自分のペニスを掴んだまま、腰の動きも止まらない。

「……よーし、じゃあ、リング外してやるから」

「あ……」

溝口の手の動きを目で追う。根元に嵌まったそれを、両方の指で広げた。リングと陰茎の間に隙間ができ、息ができるようになり、すぐに射精感が押し寄せてきた。

「ああ、ああ……」

「よし、イケ。盛大にイッてみせろ」

隣で溝口が何か言ったが、聞こえていなかった。縛めのなくなったそれを夢中で扱く。

「は、あ、……はぁ、は、は……っ、っ、……っ」

ビュルビュルと、精液が飛び出す。我慢させられた分、絶頂は長く続いた。声も上げられずにひたすら快感に浸る。

「気持ちよかったなぁ」

笑い声とともにそんな声が聞こえ、溝口の指が再び孝祐のペニスに触れてきた。

「ああっ、触ん……な、ぁあ、やめ、ろ、やめ……ぁ」

イッたばかりで敏感な状態なのに、またすぐに弄られて、叫び声が上がった。溝口は孝祐の抗議などお構いなしに、亀頭を指の先でクルクルと回していく。

「無理……触んな、よっ……っ、ひ、ひ、ぃ……っ」

高速で亀頭の先端を指が行き来している。快感と苦痛がない交ぜになった感覚は、初めて経験するものだ。

「ほら、いくぞ……」

「あっ、あっ、ああっ」

出尽くしたはずのそこから、再び液体が溢れ出す。透明なそれが噴水のように勢いよく飛び出して、止まらない。

「やあ……、だ、ああ、あ、あ、あ、あ、ぁ」

自分のものかと思うようなけたたましい声が出る。快感はすでに通り過ぎ、苦痛しか感じない。それなのに孝祐のペニスからは液体がどんどん飛び出していくのだ。

「潮吹きだ。ほら、どんどん出せ」

指の動きは止まらず、孝祐の鳴き声もずっと続く。頭の芯が焼き切れたようになり、何を叫んでいるのかもわからない状態に陥った。

ガクガクと身体を揺らし、溝口の指に翻弄される。いつまでこの地獄が続くのかと、なすすべもなく朦朧となっていると、突然溝口の動きが止まり、刺激が消えた。

「……お客さんだ」

すぐ耳元で溝口の声がする。拘束されていた足の紐が解かれ、抱えられるようにして下ろされた。身体は自由になっても、すぐには動けない。ぐったりと椅子に背をつけていると、溝口が孝祐の顔を覗いてきた。

「随分楽しそうだったじゃねえか」

反論する余裕も、睨みつける力も残っていない。

部屋の扉が開いていく。ひんやりとした風が、孝祐の頬を撫でてきた。

＊＊＊

新宿のビルから連れ出され、到着した先は世田谷にある日本家屋だった。

時代劇で見るような漆喰の塀と重厚な木の門を潜ると、これも旅館のような前庭があった。玄関に着くまでに距離があり、相当な広さだ。

砂利の敷き詰められた道に、ところどころ大石が嵌めこまれてある。立派な松の木や桜や紅葉、その他にも名前の分からない、樹齢何百年もあるような大樹が植えられていた。落ち葉は綺麗に掃き寄せられてあり、古くても清潔な印象で、格式とか、歴史とかを感じさせる屋敷だ。

都内でこれだけの土地を所有しているというだけで、孝祐を買った二人の裕福度が窺えた。和服の装いもそうだし、二人は孝祐の想像もつかないレベルの生活をしているらしかった。

ポカンとしている孝祐を促し、二人は玄関のほうへは行かず、そのまま裏へと回っていく。ぐるりと家の周りを巡り、鯉の泳ぐ池を過ぎ、敷地内の一番奥まで進む。

「……何これ？　蔵……？」

目の前に建っていたのは、白壁の建物だった。二階建てらしく、上のほうに小窓がある。物置というには仰々しすぎ、まさしく『蔵』としか言いようのないものだ。

「君の部屋ね」

二人のうちの一人、愛想のいいほうの男が言った。

名は桐谷庸一といい、この屋敷の主で書道家なのだという。

「ここの一階で寝泊まりしてもらう。離れにこの子、宗司の住まいがあるから、風呂や食事やなんかはそこで取りなさい。母屋には顔を出さないようにね。それ以外は自由にして構わないよ。もっとも、一日のほとんどは、ここのアトリエで過ごすことになると思うけどね」

「アトリエ？」

孝祐の声に、庸一が「そう、アトリエ」と言って、蔵の二階を指した。

「君を連れてきたのは、ここで宗司の絵のモデルをお願いしようと思ってね。よろしく頼むよ」

　ニッコリと笑って言われ、唖然として宗司の顔を見る。宗司は相変わらず表情も変えずに庸一の後ろに黙って立っていた。

「あんた画家だったのかよ。……へえ、見えないな」

　絵筆を持つよりかはドスか日本刀のほうがよほど似合いそうなのにと、意外な思いで宗司の不愛想な顔を見つめた。

「画家といっても本業は別にあるんだけど。宗司の絵はある界隈(かいわい)ではとても人気が高いんだよ。まあ、ちょっと特殊なジャンルの絵を描くからね」

「ふうん……？」

　絵画などという高尚な趣味にはとんと縁のない孝祐だ。絵のジャンルなど知りもしないし、興味もない。

　絵のモデルと聞いて、孝祐は「なんだよ」と、ホッと胸を撫で下ろす。オークションで買われて連れてこられ、一週間の間どんな無体なことをされるのかと、戦々恐々としていたのだが、肩透かしを喰らった気分だった。

「最初に言ってくれよ。つか、わざわざモデルを探すのに、大枚はたいてオークションなんかに参加すんのかよ」

金持ちのやることは分からないと呟く孝祐に、庸一はニコニコと笑顔のままだ。

「まあね、いろいろとしがらみなんかがあるんだよ。それに今回は特別。この子にいい絵を描いてもらいたいからね」

宗司は庸一の息子だと説明され、孝祐はまた仰天した。

「え、親子なのかよ。つか、年近すぎねえ？　いくつん時の子だよ、いったい」

宗司は三十前後に見えるし、庸一のほうだって、せいぜい四十代半ばだ。年の差はあっても、親子ほども離れているとは到底思えない。

「それは私が若く見えるということかな？　それとも宗司、お前が老けているのか」

「……さあ、普通だと思いますが」

違和感があるのは、見た目もそうだが、この宗司のよそよそしい言葉使いがあるからだろうとも思う。二人の間には、親子という親密な空気が全然感じられなかった。

「あんたいったいいくつなの？」

孝祐の不躾な質問に、宗司の表情が初めて動いた。眉を寄せ、睨まれる。

「……自分の立場というのを理解していないようだが。それとも何も考えていないのか？」

不快感を表す宗司の表情は、凄みが増していた。やっぱり画家よりもやくざだと思う。

「絵のモデルだろ？　うーん、立場って言われたら、理解してねえかも。何も考えてないのはそうかもしんない」

　孝祐の答えに、宗司が眉間に皺を寄せたまま、溜息をついた。庸一が楽しそうに笑っている。

「なんだよ。俺はあんたに年とか聞いちゃいけない立場なのか？　じゃあいいよ。教えてくれなくても」

　宗司は孝祐をジロリと睨んだ後、「三十二だ」と言った。

「へえ……」

「なんだ。文句があるのか」

「ないよ。それくらいだろうなあって思っただけ。つか、なんでそんなに突っかかってくんの？　俺を落札して連れてきたのはあんたらだろ？　気に入らないなら買わなきゃよかったじゃないか」

　立場だとか言われても、どう振る舞えばよかったかなんて分からない。一週間という契約で孝祐を買い、ここまで連れてきておいて、不機嫌な態度を崩さないのは忌々しい。こっちにだって感情というものがあるのだ。

「気にしないでくれ。機嫌が悪いのは君のせいじゃない」

　庸一が取り成すようにそう言って、「宗司ももういいだろう」と、息子を窘める態度を取る。

「あそこへ行けば、どうしたって溝口には会わなきゃならないんだから。無理やり連れていったのは悪かったが」

「……いえ」

「いくら気に食わなくてもね。ずっと避けて通るわけにはいかないんだから。お前の絵だって、あの男がいい顧客を紹介してくれるから、高値で売れるんだよ」

「分かっています」

溝口の店に出向き、オークションに客として参加するのは、持ちつ持たれつの関係を保つためなのだと、庸一が穏やかな声で宗司に説明している。そして宗司はそれを理解してはいるが、どうにもあの男のことが好きではないらしい。

「ビジネスとして考えなさい。そういう点ではかなり有益な男だよ、溝口は。今日だってこうして滅多にない掘り出し物が手に入った」

ねえ、と孝祐に向かって笑顔を向けられるが、掘り出し物扱いされている身としては、肩を竦(すく)めるしかない。

「それに、仮にもお前の絵のモデルだろう。お前だってこの子でいいと言ったんじゃないか。この子の言う通り、気に入らないなら私だって無理強いはしなかったよ」

「はい。……特に不満はないです」

二人の会話は、やはり親子という感じはしない。

　さっき溝口と孝祐について商談をしていた時も、交渉は庸一が主体でやっていた。庸一は宗司に一応意向を聞いていたが、自分の思う通りに誘導していたようにも見えた。

　今も宗司を諭しているようで、だけどそれは父親の息子に対する叱責というには、やけに他人行儀だ。宗司はずっと庸一の後ろに控えるようにして佇み、庸一の言葉には逆らわない。親子というよりも、むしろ上司と部下のような関係に見える。

　それに二人は醸し出す空気も見た目も、まるで似ていない。

「他で頼んだんじゃ、こうも簡単にお前のモデルなんか手に入らないんだぞ。今回のなんか特に」

　話を聞きながら、ただの絵のモデルということでもなさそうだと、孝祐は思い直していた。考えてみれば、あんなオークションなんていう会場までわざわざ出向いて、ただの絵のモデルを手に入れようとするはずもなかった。

　だんだん不安になってくる。

「なあ。モデルって、具体的になんの絵のモデルするんだ？」

　裸体だと言われても、今更驚かない。むしろそれで済むなら御の字なのだが……。

　恐る恐る聞く孝祐に、会話をしていた二人の声が止まり、同時に顔を向けてきた。

　庸一は相変わらず柔和な笑みを浮かべていたが、驚いたことに、宗司までもが口の端を薄っすらと上げ、笑みに近い表情を作っていた。

それを見た途端、なぜか背筋にゾッと冷たいものが走っていく。

「今は教えない。それを知った時の顔が見たいから」

低く、静かな声で宗司が言った。


翌日の午前中。孝祐は蔵の二階にあるアトリエにいた。

昨日、孝祐はあれから蔵の一階に案内され、そこで一夜を過ごした。

普段は物置として使っているらしいそこは多少埃っぽかったが、整然と片付けられていた。入り口には土間があり、その上の板敷きの部屋には古い箪笥などが置いてある。人が十分住めるような仕様になっていた。歴史のありそうな家だ。もっとずっと昔は、実際に人が住んでいたのかもしれないと思った。「座敷牢」という言葉が浮かんだ。

二階のアトリエは屋根裏だった。低い天井には梁が巡らされ、大きな柱が部屋の真ん中を通っている。十五畳ほどある板敷の部屋は、一階と同じく整然としていた。

壁には天井の高さに合わせた棚がしつらえてあり、本や画材、筆に刷毛、布や木枠、砂のような物が詰まった袋や液体の入った瓶などが、種類ごとに綺麗に並べられていた。電熱器や鍋まである。

アトリエというからには、学校の美術室のようなものを想像していた孝祐だったが、それとは違った空間だ。小窓から陽射しが射しこんで、柔らかい光の線が描かれていた。古い蔵の屋根裏は、隠れ家とか、秘密基地といった言葉が似合うような風情だった。

そんな部屋の中で、宗司が絵を描く準備をしていた。昨日は着物姿だったが、今は薄青のシャツにジーンズというラフな姿だ。今日は彼一人で、庸一の姿はない。

設計図を描くような斜めになった大きなテーブルの上に紙を置き、パレットや筆を並べている。

「その辺の物をやたらと触るなよ」

珍しい道具に興味津々で、あちこち見て回っている孝祐に宗司が言った。

「分かってる」

絵に興味はないが、画材の中には高価なものもあるらしいことぐらいは知っていた。やたらに触って破損させでもしたら大変だし、ちょっと動かすだけでも、この神経質そうな男にどやされかねない。

「道具っていっぱいあんのな。なんかさあ、科学の実験みたいだ。この粉みたいなのが絵具？　なあ、この電熱器って絵を描くのに使うのか？　鍋とか。これどうすんの？」

孝祐の質問に宗司は答えず、黙々と作業を進めている。素人に説明をしても分かるはずもないと、無視を決め込んでいるらしい。

「まあな。芸術なんかとは縁もゆかりもない生活してっから。聞いてもしょうがないか」

そういうものを楽しむには、生活に絶対的な余裕が必要だ。クラシックだとか絵画だとかは、孝祐のような者にはまるで縁のないものだ。せいぜい漫画や、テレビから流れてくる音楽を聴くぐらいで、まして自らがそれをやるなんてことは発想すら起こらない。

こんな大きな邸宅に住み、普段着に着物を着て親子で人間のオークションに出向くなんていう生活をしている人とは、端からレベルが違うのだ。

「絵とか描くのにこういうの使うんだなって、ちょっと珍しかっただけだ。説明されてもどうせ全然分かんないし」

「……膠を溶かすのに使うんだ」

「ニカワ？」

聞きなれない言葉に孝祐が聞き返すと、宗司は手を休めないまま「そう」と言った。

「粉は岩絵具といって、定着材が入っていないからそのままじゃ色が載せられないんだ。だから膠を溶かして、接着剤として使う」

他にも鉱物や貝を砕いたものなど天然のものを使っており、絵具というより色を出すための材料なのだと教えてくれた。

「古代の壁画なんかに絵が描いてあるだろう。ああいうのと同じだ」

「あ、それなら知ってる。牛とか人とか、岩穴に描いてあるやつだろ。あとさあ、すげえ数の手がペタペタ貼ってあるの、テレビで観たことある。あれ、すげえよな！　へえ！

あれと同じ材料なのか」

　自分の知っていることと目の前にあるものとが繫がって、思わず浮かれた声を上げる孝祐に、宗司はふ、と息を吐き、口端を上げた。

「あ、今馬鹿にしただろ」

「していない」

　無知な孝祐のはしゃぎぶりに苦笑したように見え、思わず喰ってかかる孝祐に、宗司は相変わらず淡々としている。昨日よりは多少態度が軟化しているようにも思えたが、強面のやくざ顔は感情が見えにくい。

　そんな分かりにくい顔をしたまま、宗司が「そろそろ始めようか」と、こちらへ近づいてきた。身構えて後退るが宗司はまったく意に介さず、引き下がった分進んでくる。

「シャツは一枚か？　中に何も着ていない？」

「……ああ」

「じゃあ、そのままで。ボタンは外せ。全部だ」

　服は着たままでいいのかとホッとしていたら、「下は全部脱げ」と言われて、顔を上げた。宗司は孝祐の反応など気にする様子もない。孝祐が言うことを聞かないとは思っていないようだ。

「脱いだものはそっちへ置いて。柱の前に来い」

そう言って部屋の隅にある棚へ歩いていった宗司は、箱を一つ取ってきた。

蓋を開けたそこから、ロープを出してきた。熨斗のような紙に丁寧に包まれている。色は真っ赤だった。

「……さて、どんな構図にしようか」

真紅の縄を手にした宗司が、シャツ一枚の孝祐を眺め、ゆっくりと首を傾げた。

やはりそうだったかと、孝祐は宗司の顔を見返した。昨日の庸一たちとの会話を思えば、それなりに予測はつく。

「あんた、こういうの専門の画家なのか？」

「こういうのとは？」

纏められていたロープを解きながら、宗司が聞いた。箱からは二本、三本と、ロープの束が取り出されていく。

「だからこういう……アブノーマルっつうか、エロいっていうか、なんていうの……？」

「世間では春画と呼ばれているな」

「そう。それ！」

孝祐の声に、宗司が声を上げて笑った。歯を見せた笑顔は初めてで、それだけで劇的に印象が変わる。強面のやくざ顔が、やり手の若社長ぐらいに見えるのだから不思議だ。

手にしているのは緊縛用の縄なわけだが。

「特にアブノーマル専門ということではない。スポンサーのリクエスト次第だが」

そう言って、手に持った縄を両手でパン、と伸ばし、孝祐を見つめた。

「怖気づいたか？」

「いや。予想通り」

「なんだ。つまらないな」

孝祐の返事に、宗司が言葉通りつまらなそうな顔を作る。

絵の内容を知った時の顔が楽しみだと昨日言っていたが、思っていたほどの反応がなかったことが不満らしい。

「悪かったな。つか、普通想像できるだろう。それぐらいは」

「まあいい。これからだからな」

そう言って、宗司は孝祐の身体に縄を巻きつけ始めた。

「色が白いから緋色（ひいろ）が似合う。この太さでいいだろう。結構しっかりした身体つきをしているな」

胸の上の辺りから脇の下を通った縄が四重に回されていき、そのまま脇から肩の上を通り、胸の上を斜めに走らせた。はだけたシャツの上から縄を何重にも巻きつけながら、腕、手首と縛り上げ、後ろ手に拘束される。

「膝をついて、足を開け」

柱を背にした位置で膝立ちになり、柱を後ろ足で挟むような恰好で固定された。後ろで一つにされた手はそのまま柱に繋がれているらしい。自分の目では確かめられないが、前に倒れようとする身体が動かないから、そう思った。

用意された緋色のロープ三本をすべて使い、柱に繋がれている。宗司の手はよどみなく動き、縛りあげる力は弱くもきつくもなく、だけど的確に自由を奪われていった。

「……う、く……っ」

足も腕も固定され、柱に括りつけられた縄に引っ張られながら、真っ直ぐ身体を起こせない体勢が苦しい。何よりも完全に自由を奪われているという状況に、得体の知れない恐怖がせり上がる。

孝祐の顔を宗司がじっと見つめる。纏わりつくような視線に、ゾクリとした悪寒が走った。

「今日のところは一番負担の少ない縛り方をしてある。怪我はしないよ。暴れなければな。逃れようともがけばもがくほど、縄が食い込むぞ。これはそういうものだ」

俯いている顎に手を添えられ、上を向かされる。そんな小さな動作一つで、関係のない別の場所がギシギシと痛んだ。

「身体ってのは全部繋がっているからな。こうやって縛られると、よく分かるだろう?」

孝祐の瞳を覗き、宗司が目を細めた。表情を観察し、孝祐が苦悶しているのを明らかに楽しんでいる目の色だ。

「顔はそのまま上げていろよ」

そう言って宗司が立ち上がった。さきほど用意されたテーブルのほうへと歩いていく。

「あまり時間がかけられない。楽な姿勢といっても時間が経てばうっ血してしまうからな。いくら頑丈でも、こたえるだろう」

テーブルの前まで行った宗司が細い筆を取り、こちらを見つめながら、サラサラとそれを走らせ始めた。

「顎を下げるな。ちゃんとこっちを向け」

柱に繋がれた縄で引っ張られているのに、なぜか押さえつけられているような圧迫感があり、顔を上げた状態を保つのが難しい。時々呻き声を上げながら、なんとか姿勢を保とうと努力した。

「休憩とかねえの？　ずっとこのままの姿勢は辛いんだけど」

「我慢しろ。一旦解いてまた縛り直すなんてことをしたら、お前の負担が増えるだけだぞ」

えー……、と不満声を漏らす孝祐に、宗司の眉が寄る。

「文句の多い奴だな。お前にそんな権利はないはずだぞ。こっちは金を出している」

「そりゃあそうだけどさあ」

「友人の借金のカタとしてあのオークションに出たそうだな。あれは本当なのか？」

オークションの最中に、そういえば溝口が孝祐のことをそんなふうに紹介していたことを思い出した。友人想いの健気な青年だとかなんとか言って売り込まれ、反吐が出そうになったものだ。

「騙されたくちか？　気の毒だったな」

「そんなんじゃないし。全部思い通りにされるのが癪だったから、条件つけただけだ。あの溝口って野郎。本当ゲスだから」

筆を動かしながら、宗司の口元が緩んだ。孝祐の溝口に対する評価には、宗司も同意らしい。

「……なあ、いきなり描いてんのか？」

「何が？」

中学の美術の時間ぐらいしか絵の経験のない孝祐だが、下絵もなしにいきなり筆で描いている様子を見て、不思議に思った。

「普通、スケッチとかデッサンとか、そういうのやってから描くもんなんじゃねえの？」

「ああ、そうだ。だから今やっている」

「あれ？　そうなの？　筆使ってるから、もう本番描いてるのかと思った」

「そんな無謀なことはしない」

「じゃあ、あんた、毛筆でスケッチしてんだ？」

「そうだ」

「へえ。面白いもんだな」

そんな絵の描き方があるのかと、感心する孝祐だ。

「ああ、そういえばあんたの親父さん、書道家だって言ってたっけ。だからあんたも下絵に筆を使うのか。鉛筆より先に筆を渡された、とかいうやつか」

そういえば昨日庸一は、宗司のこの絵の職業のことを、副業のように言っていた。本業は他にあるとか。それならこの男も書道家なのだろうかと疑問が湧いた。

「あんたも書道家なのか？　代々受け継いでるとか。この家そういう感じだよな。つうか、本当にあの人が親父さんなの？　若すぎね？」

「……お前なあ」

次々に質問を繰り出す孝祐に、宗司が呆れたような声を出した。

「少し黙れ。そんな恰好でベラベラ軽薄にしゃべるんじゃない。興醒めする」

「んなこと言ったって。しゃべってねえと間が持たないんだよ。つか、苦し紛れだ。いいだろ、しゃべるくらい」

不自然な姿勢で長時間じっとなんかしていられない。縄は食い込んでくるし、関節が痛いのだ。会話でもして気を紛らわさなければやっていられない。

「俺は春画を描いていると言っただろう。もう少し色っぽくならないか。全然いい絵にならない。これじゃあ人形のほうがましだぞ」

睨みを利かされ文句を言われるが、そんなことは自分でどうにもならない。

「色っぽくか、……って、なれねえよ。こんなん、きついだけなんだもんよ。俺は役者でもモデルでもない、普通の居酒屋の店員だぞ」

孝祐の反論に宗司が溜息をつく。失望されたのかもしれないが、そんな注文をつけられても、無理なものは無理だ。

宗司が立ち上がった。眉間に皺を寄せたまま、こっちへやってくる。

「……なんだよ。殴るか？」

不穏な顔で近づいてくる宗司を睨むと、片手がついと上がり、孝祐は目を閉じた。

殴られるかと身構えた孝祐の頬に、冷たい指先が当たる。

「……目は閉じるな」

指の腹が頬から顎へと滑っていき、耳を軽く摘まれた。

「お前の性感帯はどこだ？」

そう言いながら耳殻をなぞっていく。

「っ……、分かんねえよ」

冷たい指と、耳に忍び込んでくるような低い声に、ゾワリとした感覚が起こり、思わず肩を竦めようとした。

「い……っ」

　途端に縄が肌に食い込み、ギリギリと絞り上げられる。

「ああ、動くとますます自由を奪われるよ。おとなしくして。目を閉じるな」

　耳たぶを触り、今度はそれが下りていく。縄の隙間から鎖骨を撫で、さらに下へと滑らせていった。

「自分の感じる場所が分からないのか？　女を抱いたことがないと言っていたが」

　指が縄の上を伝っていく。自分の肌とは違う感触だが、それでも宗司の指の動きが縄越しに伝わってきた。

「女が駄目なのか？」

「そうだよ」

　宗司が目の奥を覗いてくる。目を閉じるなと言われているから律儀に逸らさないでいると、その瞳が笑った。

「女はおっかねえから苦手なんだよ」

「経験もないのに怖さは分かるのか」

「分かる。なるべく近づきたくない」

　女は怖い。どれだけ笑っていようと、媚びを売ってこようと、裏の顔は鬼のように残虐なのを知っている。本性を剝き出しにした女の怖さは、嫌というほど見てきたのだ。あんなのと親しくなって、ましてや恋愛沙汰なんか絶対にごめんだ。

「……じゃあ、男は？」

すぐ近くで声がする。冷淡な低い声は昨日からずっと聞いていたはずなのに、なぜかビクリと反応してしまうのだ。

「ねえよ……っ」

「では初物というのは本当にその通りだったのか」

「そうだよっ」

叫ぶように答える孝祐を眺めながら、宗司が首を傾げた。

「珍しいな。この年でこのビジュアルなら、入れ食いだろうに」

男女関係なく、まったくの未経験だという孝祐が、信じられないようだ。

確かに普通にしていれば、女はすぐに寄ってきた。それが面倒だから、女が寄りつきたくないような連中と常につるんでいた。地元では大勢で馬鹿騒ぎをして遊んでいたし、上京してからは生活するのに忙しく、女なんかに構っていられない。とにかくそういうものとは無縁のまま過ごしてきたのだ。

「知らねえよ。……っ、手ぇどけろよ」

縄の上を伝っていた指先が、肌の上を這ってくる。乳首を摘ままれ、次にはピン、と弾かれて身体が跳ねた。縄が食い込む。

「うぅ……」

「経験がないわりには敏感だな。まあ、これのせいもあるか」

指先だけだった動きが掌全体になり、縄ごと撫で上げられる。

「縛られているせいで、逆に肌が敏感になっているだろう。……ああ、多少はいい顔になってきた。だが、まだ足りない」

そう言って宗司は一旦孝祐の側から離れ、部屋の隅の棚へ向かった。戻ってきた手には細い筆が握られている。

「……それで何すんだよ」

不穏な声を上げる孝祐に、宗司が歯を見せて笑った。

「写生用に新しく購入しておいたものだが、お前のためにおろしてやるよ」

そう言って「筆おろしだな」と、笑っている。

「なんだよそれ。……だっせえ」

オヤジギャクかよと笑う孝祐に向かい、宗司が片眉を上げてみせた。

「新品の筆を使えるようにするのをそう言うんだ。正しい使い方だな。これは線描用の小筆だ。これで普段スケッチをする」

しゃがみこんだ宗司が、孝祐の目の前に筆を翳(かざ)した。

「極細だからな。こうやって先端を解すんだが」

指先を毛先に当て、解している。

「全部を柔らかくしてはいけないんだ。硬さを残しておかないと描きにくい」

そう言いながら細い筆の先端を、孝祐の乳首の上に当ててきた。

「ぁう……」

チクリとした刺激に、思わず声が上がる。

「まだ硬かったか？」

孝祐の表情を観察しながら筆先でツンツンと突かれ、孝祐は首を振った。

「痛くはないだろう。この筆は『かすみ』といって、イタチの毛を使っている。細かい線が描けるんだよ」

極細の筆先が、クリクリと円を描きながら孝祐の小さな粒をなぞっている。

「……は、……っ、ぁ、やめろって」

「首を振るな。こっちを向け。ちゃんと顔を見せるんだ」

縛られた身体は動かず、それでも顔を背けて遠ざかろうとする孝祐を宗司が叱った。

「スケッチもデッサンも俺は筆を使う。お前の言った通り、鉛筆よりも先に握っていたのは、これだったからな」

さっきした孝祐の質問の答えを、今頃になって言ってくる。

「こういう筆を幾種類も使って、様々な線で描いていくんだ。衣服の皺から髪の毛の一本一本まで」

微細な刺激が胸の先に届く。チク、としたわずかな痛みの後に、ジワジワと熱くなるような感覚が訪れ、それから逃れようと首を振った。

「やだって……、どけろよ」

「顔を背けるなと言っているだろう」

顎を摑まれ、無理やり宗司のほうを向かされた。切れ長の目が孝祐の顔を観察している。

乳首の周りを小さな毛先が回り、時々は中心を撫で、チロチロと上下される。

「ん、……ん、ぅ」

「膨らんできた。健気じゃないか」

笑いを含んだ声に、ギリ、と睨み上げると、宗司が口端を上げた。

「そう。なかなかいい顔だ。さっきの間の抜けた表情よりずっといいぞ」

「うる……、さい。やめろって……っ」

縄で柱に縛りつけられ、男に筆で胸を弄ばれている。逃げることもできずに好き放題にされ、喘(あえ)がされ、その姿を観察されているのが居たたまれない。

「マジで、……マジでやめ……っ、ふ、ぅあ」

屈辱的なことをされているのに、下半身が疼(うず)いていることに、孝祐は慌てていた。

「筆が気に入ったようだ」

「んなこと、ねえって……！」

油断すると変な声が出そうで、必死に喉を絞り暴言で誤魔化そうとするが、シャツ一枚で下着をつけていない身体は、宗司の前に容赦なく晒されていて、隠すことができない。

筆がわき腹を撫で、臍の辺りを回っていく。チクチクした刺激と、食い込んでくる縄のきつさで、肌が異常に敏感になっていた。

「あ、……は、っ、……止……め……」

息が上がり、声も途切れてしまう。拒絶の言葉を出そうとすると、別の喘ぎ声が飛び出しそうだ。

「こっちは別の筆を使うか？」

「嫌だ……っ、触んなよ」

頭を擡げ始めた孝祐のペニスを、宗司が眺めている。つ……、と撫でてきたのは筆ではなく宗司の指先だった。

「やだ、……っ、嫌だ。あ、あ」

先端をクリクリと指の腹が滑る。それだけの刺激で、孝祐のそれははしたなく勃ち上がり、透明な滴が湧いてきた。

「……ああ、本当に敏感なんだな」

指で撫で回しながら、宗司が孝祐の顔を見つめる。孝祐が感じていることを分かっていて、それを冷静に観察されているのが悔しくて情けない。

「こっちは平筆といって、ヤギと馬の毛だ。ほら、柔らかいだろう」

指が去った次に当てられた筆は、先端が刷毛のように平べったくなっていて、触れる面積がさっきよりも広い。チクチクした鋭い刺激に代わり、ねっとりと触れてくるそれは、新しい快感を呼んだ。

「あっ、あ、……ぁ、……ぅ、あ」

サワサワと亀頭を撫でられ、不自由なまま腰が浮く。柱を挟んでいるから足は閉じられず、されるがままだ。

「……は、は……っ、うぅ」

平たい毛先がペニスの先端を撫でる。わずかな水音は自分が漏らしてしまった先走りだ。耳がカッと熱くなり、だけど腰を引くことができない。

「ふ、……ぁ、あ」

声が抑えられなくなっていく。

「んん、ん……ぅ、ああ」

刺激は微細なのに、肌のほうでそれを鋭敏に感じ取ろうとする。自分の手で扱いているのとは違い、思う場所に触ってもらえず、その切なさに身悶(みもだ)えした。

宗司はそんな孝祐の様子をじっと見つめている。冷静な視線が悔しいと思うが、悪態をつく余裕もなかった。

「……も、ぅ……やめ……っ、あ、ぅ……」

涙の滲む目で訴えるが、宗司はやはり決定的な刺激を与えてくれない。こちらを見つめながら、視線は冷酷なままだ。

「……楽になりたい気持ちは分かるが、これはお前の仕事だからな」

静かな声が聞こえ、刺激が去っていった。「あ……」と上げた自分の声が明らかな不満を訴えている。だが、宗司はそのまま立ち上がり、テーブルに戻っていってしまった。

「……こっちを向け」

命令され、反射的に声のするほうに視線を向けた。

宗司はさっきと何一つ変わらない表情で、紙の上に筆を走らせていた。

悦楽の途中で置き去りにされ、快感の残滓が身体中で燻っている。身じろぎをすると、肌に食い込んだ縄が擦れ、勝手に刺激を拾い、痺れたような快感に襲われる。

「……ん、ぅ」

勃起したままのペニスは力を失わず、タラタラと汁を零していた。恥ずかしさと絶頂に辿り着けない切なさとで、甘い拷問を受けているようだ。

「ああ、なかなかいい顔だ」

弄ばれ、勝手に追い上げられた挙句に放置され、それを絵にされている。冷静な褒め言葉が悔しく、そんな孝祐の顔を宗司が褒めるのがまた悔しい。

「もっと触ってほしかったか？」

縛られたままで、熱の放出手段がなく、苦しんでいる孝祐に宗司が言った。

「放っておかれても気持ちがよさそうだが」

「……うるせえって」

宗司の視線が刺さるようで、肌がビリビリした。

「あ……ぁ、ぁ」

はしたなく勃起したままのそこを見つめられているのかと思うと、なぜか快感が増し、勝手に声が出た。

「見られているだけでイイのか。なかなかいい素材じゃないか。……俯くな。こっちを向いていろ。それとも続きをしてほしくて、わざとやっているのか？」

「違う……っ」

挑発するようなことを言われ、持ち前の負けん気で宗司を睨み返すが、宗司は知らん顔で筆を走らせている。孝祐から思った通りの表情を引き出したくて、煽っているのだ。

すべては宗司の思惑通りで、自分だけが興奮させられ相手は何一つ熱を持っていない状態が悔しいと思った。

「……ん、ん」

肌がざわざわする。腕も足も痺れ、感覚がなくなってきた。身体だけが熱い。

嵐(あらし)のような時間が過ぎていく。もっとも、熱風が吹き荒れているのは孝祐の身体の中だけで、蔵の中のアトリエも、やくざ顔をした絵描きも、冬の夜みたいに静かだ。

顔を上げ続けるのもきつくなってきた頃、宗司が筆を置いた。こっちに近づいてくる。

「……急に動くなよ。怪我をするといけない」

そう指示を出しながら、宗司が縄を解いていった。縛りあげられた時も手際がよかったが、解くのも早い。

シュルシュルと音を立てて、孝祐を拘束していた赤い縄が、生き物のように床に這っていった。どれだけの長さで縛っていたのか、どんどん床に積み上がっていく。

やがて身体に巻きついていた縄がすべて解かれ、孝祐は自由になった。縄がなくなっても、まだ縛られた感触が残っていて、変な感じだ。思うように動けない。

床に手をつこうとする孝祐の胸に腕を回し、宗司が支えてくれる。宗司の手に助けられながら、ゆっくりと床に突っ伏した。

「すぐに動かそうとしないほうがいい。そのまましばらく寝ていろ」

そう言いながら、俯せている孝祐の足を宗司が揉んできた。縄のついた痕(あと)を確かめるようになぞり、それから掌全体を使って擦っている。

「関節はどうだ？　痛みや違和感はないか？」

腕を持ち上げ、曲げたり伸ばしたりと繰り返し、次には肩を軸にして回してくる。

「特にない。……だるいだけだ」

「そうか」

念入りに確かめられ、マッサージをしてもらう。

丈夫そうだからと連れてこられ、壊れても構わないようなことを言われていたが、宗司の孝祐に対する扱いは丁寧で、逆に壊れないようにと気を遣っているようだ。もっとも、初日にいきなりぶっ壊れられたら困るということもあるのだろうが。

「痕は一時間もしたら消えると思うから」

縄の痕のついた孝祐の肌を指でなぞりながら、宗司が言った。

「初めのうち結構動いたから、ここが擦れている。傷がついてしまったな」

肩甲骨の上を指の腹で撫でられ、身体がピクリと反応した。慌てて宗司の手から逃れようとするが、脱力した身体が上手く動かせない。

肩甲骨にあった手が首筋に移り、うなじを揉んだ。次には背中に移り、やはり掌全体を使って押してくる。

「もう、いいよ。しばらくしたら治るから」

そう言ってマッサージをやめさせようとするが、宗司の手が退かない。背骨に沿って指圧していた手が、腰にきた。グ、グ、と押され、骨は気持ちがいいが、下半身の具合がよくない。

身体の自由を奪われ、指と筆で悪戯された上に放置されて、その様子を見られた。自分を観察する宗司の瞳は不躾なほど真っ直ぐで、その視線に凌辱されているような錯覚に、密かに陥っていたのだ。

しかも高められたまま途中で投げ出された身体はまだ熱を内包していて、ほんのわずかな刺激にも過敏に反応し、すぐにでも昂ぶってしまう。

「マジで。もう大丈夫だから。仕事終わったんだろ？」

「ああ」

「ちょっと、ほっといてくんねえかな。つか、触んないで」

すぐにでもトイレに駆け込んで処理をしてしまいたいが、身体が動かないからそれもできない。それならば、昂ぶりが収まるまで一人にしてもらいたかった。

「収まりがつかないのか？」

「うるせえよ。あっち行けよ」

恥ずかしい恰好を見られたのに、さらに恥をかかせるのかと、動かない身体のまま剣呑な声を上げる孝祐の顔を、宗司が覗いてきた。

「……見んなよ」

精一杯の虚勢を込めて睨みつけるが、相変わらずこの男にはまったく通用しないのが腹立たしい。

覗き込んでいた宗司が立ち上がり、目の前からスッと消えた。孝祐の要望を聞き、一人にしてくれるのかと思っていたら、不意に後ろから回ってきた腕で持ち上げられた。

「う、わ……。何すんだよ」

もがく暇もなく、宗司の足の間に座らされた。宗司の胸に背中をつけ、抱き込まれている。シャツ一枚で下着も何も着けていない孝祐の下半身へ、宗司の大きな手が伸びてきた。

「やめろよ……っ、触んなって」

「まだ腕が動かないんだろ？　このままじゃあ苦しいだろうが」

手伝ってやる……と言われて、冗談じゃないと慌てて首を振った。

「離せよ！　いいからっ、放っとけよ……っ、あっ、あっ」

半勃ちのままのそれを掌で包まれ、いきなり扱かれる。急激な刺激に声が飛び出し、止められなかった。萎えかけていたペニスが現金に熱を持ち、すぐにも濡れていく。

「やだ、やめろって！　……んぁっ、……ああ、ぁあ、や……めっ」

「出しちまえばいい」

「やだ……ってば、っ、……うぅ」

掌が吸いつき、そのまま上下される。溢れ出た蜜液で宗司の手が濡れ、淫靡な水音が立った。

「……すぐだな。イっちまえ。ほら」

声と手で促され、否応なしに追い上げられていく。はー、はー、と動物のように息を荒らげ、動かない身体がそれでも浅ましく快感を追い、腰が浮き上がる。

「……あっ、あっ」

孝祐の様子を見ていた宗司の手の動きが増した。グジュグジュと淫猥な音を立て、宗司の手の中でそれが震える。

昨日から、人の手によって無理やり絶頂に連れていかれることを繰り返している。誰とも抱き合ったこともないのに、身体だけが人の手による快感を覚えていく。

「んん、……ぅ、あ、は、ぁ……はあ」

大きく仰け反り、宗司の手の中に突き入れるようにして腰を揺らした。もう自分では制御できない。

「……は、は、っ、……あぁ、あぁあ、……っ、あ――っ」

絶叫とともに熱が一気に放出された。絞るようにして宗司の手が動いている。

「イったな」

背中で聞こえる声は相変わらず冷静で、今起こった事実をただ伝えているだけだ。

終わりは呆気なく訪れ、急速に頭が冷めていく。

た。

籠（こも）っていた熱を出し切ってしまえば、残るのは自己嫌悪と、宗司に対する反発だけだった。

「……余計なことをしやがって」

嬌声（きょうせい）に近い声を上げていた唇から、今は悪態が飛び出す。本当に余計なことをと思う。頼んでもいないのに。ほっといてくれればいずれ収まったのに。これ以上恥をかかずに済んだものを、どうしてここまでされなければならないのか。

「腕がまだ動かないだろうと思って手伝ってやったんだ。スッキリしたんだから、別に怒ることでもないだろうが」

相変わらず冷静な声で宗司が言った。

「だから頼んでねえんだよ。ほっとけって言ったのに」

「無理をして筋を痛めたりされたら、俺が困るからだ」

……ああ、俺はこの男に買われたんだっけ。

羞恥と怒りで沸騰しそうな頭が急激に冷めていく。何をされても、自分は仕方がない立場なのだったと、思い出した。

「今日はもう休んでいいから。また明日よろしく」

温度の感じられない声が、後ろから聞こえた。

桐谷親子の家に連れてこられてから三日目。

孝祐はあてがわれた蔵の一階で、布団に入ったままゴロゴロしていた。

今日宗司は用事があるらしく、モデルの仕事は夕方からだと言われていた。携帯は保険だからと言って庸一に保管されていたし、蔵にはテレビもないからすることが何もない。

昨日のあれで、心配していたような痛みは残らなかったが、身体のだるさはまだ取れず、微熱があるようだ。気分も落ち込んでいて、食欲も湧かない。こうしてダラダラと過ごせる時間をもらえたことが、ありがたかった。

ただこれは身体の不調というよりも、精神的なものだと思う。物事をあまり深く考えない孝祐だが、流石にここ数日に起こっている出来事は、ショッキングすぎだろうと思う。

信頼していた人に裏切られ、やくざに囲まれ、オークションなんていうものに出る羽目になった。恋愛経験もないのにいきなりビデオの前で恥ずかしいことをされ、縄で縛られた上に筆で弄ばれたのだ。おまけにやくざ顔をした男に手で慰められ、射精までさせられてしまった。ショックを受けるなというほうが難しい話だろう。

「もしかしてあいつ、俺がこうなってるのを見越して、休みをくれたとか？」

金で買われて人質のようにして過ごしているわけだが、それにしては孝祐に対する待遇がいい。蔵とはいえ部屋も布団もあり、食事も三食運んでもらえる。

「まあ、そんな感じじゃないか」

昨日の宗司に与えられた仕打ちを思い出し、孝祐は甘い考えを打ち消した。冷たい目と淡々とした作業。あれにそんな優しい心があるなんて思えない。本当に今日は用事があるのだろうと思い直すことにする。

布団の上で寝転がりながら、天井の板の節目をぼんやりと眺めていたら、蔵の外のほうで人の声がした。

体勢を変えないまま、孝祐はなんとなく耳を澄ました。

母屋のほうから流れてくるのは、数人の女性の声だ。庸一と宗司以外の家族か、それとも客が来ているのか。

華やかな笑い声を聞きながら、そういえばと考える。庸一の妻で、宗司の母親となる人はあの母屋にいるのだろうか。他に兄弟はいないのか。

こんな凄い屋敷に住み、父は書道家で、息子が春画を描いているというのも、どうなんだろうと思う。しかも二人でやくざの主催するオークションに出向いて人買いなんかやっているのだ。だいたいあの二人は本当に父子なんだろうか。謎の多い家だ。

「……暇でも持て余してんだろうな。金持ちの考えてることなんか分かんねえわ」

金があり余っているから変な趣味を持つのかもしれない。孝祐なんかは日々の生活を無事に乗り切るのに精一杯で、余計なことなど考える暇もないのだから。

とりとめのないことを考えていて気がつくと、母屋から聞こえてきていた声がなくなっていた。華やかな気配だけがまだ漂ってくる。

「暇そうだね」

不意に声が聞こえ、孝祐は身体を起こした。振り返ると、開きっぱなしにしてある蔵の扉の陰から、庸一が顔を覗かせていた。

「私も暇でね。ちょっと散歩するって、なんか凄いっすね」

「自分ちの敷地内を散歩の途中に寄ってみた」

孝祐の正直な言葉に、庸一は温和な笑みを浮かべ「ああ、まあそうかもね」と、蔵の中へ入ってきた。彼は今日も着物を着ている。

「暇ついでに、話し相手でもしてもらおうかな」

土間から一段高くなった板の間に腰を下ろし、庸一がのんびりとした口調で言った。別に追い出す理由もなく、孝祐も布団から下り、板の間に胡坐（あぐら）をかいた。

「それ、普段着なんですか？　着物」

庸一の着ているものを指し、なんの気なしに聞くと、庸一は自分の服装に目を落とした。

「ああ、珍しいかい？」

「そうですね。少なくとも俺の周りには、着物を普段着で着てる人はいないから」

「うん。そうだろうね。私も毎日ってわけじゃないよ。職業柄和装の機会が多いのは確かだけど。普通にシャツにスラックスなんていう日もあるよ」

「へえ。そうなんだ」

「今日はね、お稽古の日だから。一応ね」

書道家をしている庸一は生徒を持っていて、定期的に書道教室をこの屋敷で開いている
と言った。母屋から聞こえる声はそれだったのかと、孝祐は納得した。

「別に着物じゃなくてもいいんだけど、なんとなくこのほうが書道家って感じがするだろ
う？」

そう言って「要は恰好つけだ」とにこやかに笑う。

「へえ。そうなんだ。つか、教室やってて先生がこんなところで遊んでていいんですか？」

暇だから散歩をしにきたとさっき庸一は言ったが、教室の生徒が来ているのなら、全然
暇じゃないじゃないかと思う。生徒をほったらかして、この男は何をしているんだろう。

孝祐の疑問に、庸一はのんびりと笑っている。

「いいんだよ。教えているのは私じゃないから。宗司が先生をしている」

「あ、そうなんだ」

「うん。あれも師範代だからね。ほら、私のようなおじさんより、若いほうが生徒さんも
楽しいだろう。女性が大半だし。私は最初に顔を出すだけで、あとは退散している」

鷹揚に笑っている庸一は、自分が教える気はさらさらなく、だけどやってくる生徒のた

めに着物を着ているらしい。初めに例の柔和な笑顔で挨拶をし、その後は息子に任せ、こうして所在なく屋敷内を徘徊しているのか。

「宗司は人気があるんだよ。あれが教えるようになってから、生徒が増えた」

「へえ……」

仏頂面のやくざ顔を思い浮かべながら、曖昧な相槌を打った。あんなんで人に書なんか教えられるのかと疑問に思う。

「あれでも教えるのが上手いみたいだよ。優しい先生だという話だ」

孝祐の心情を察したように、庸一がそう言って笑った。

「優しいんだ……」

生徒に優しく教えているという様子がまったく想像できずに、首を傾げている孝祐を、庸一が楽しそうに眺め、「そりゃあお月謝をもらっているからね」と言っている。

「私はあまり教えるのが得意じゃないからね。根気よく生徒に付き合うなんて無理だ。よくやれるもんだと感心するよ。だからそういう仕事は宗司に全面的に任せているんだ」

にっこりと笑い、「人には向き不向きがあるからね」と他人事のように言った。

「親孝行な子で助かっているよ」

孝祐の持つ印象と、庸一の語る宗司の人物像がことごとく重ならず、孝祐は再び首を傾げた。

「じゃあ、庸一さんは普段何やってるんですか？」

教室を開くだけで、この広大な屋敷を維持できているとは到底思えない。書道家の実態というのが、今一つ分からない孝祐だ。

「私かい？　……うーん、まあ、題字を頼まれたり……装丁とか。でもあんまり職業書道家みたいなことはやりたくないんだよ。面倒だしね。そっちも大概宗司が請け負っているなあ。あとは展覧会の手伝いに行ったり、寄り合いに顔を出したり、いろいろ。こういう世界は付き合いが大事だからね。忙しいよ」

庸一の説明はふわふわとしていて掴みどころがないが、要するに対外的な交流は庸一が行い、その他の実質的な雑務はすべて宗司が請け負っているらしかった。

物腰の柔らかい庸一は、社交的なことが得意なのだろう。そしてきっと、面倒なことや地味な仕事は嫌いなのだ。苦労知らずのような顔をして笑っている庸一を見ていて、「放蕩息子」という言葉が浮かんだ。

この屋敷が彼一代で築いたものではないだろうことは、世間知らずの孝祐でさえ想像がつく。遊び暮らしていける資産があるのかもしれないし、実は庸一は世界的に著名な書道家なのかもしれない。

ただ孝祐が理解するのは、今こうして庸一がのんびりと暇を潰している間に、息子は書道教室を開き、裏では春画を描く仕事をしているということだけだ。

「ちょっとアトリエを覗いてみようかな」

そして孝祐との会話にも飽きたらしい庸一が、土間から上へ続く階段を上っていった。自由人だなあ、と軽い足取りで二階へ上がっていく庸一の後ろ姿を見送った。

母屋のほうでは、未だに教室を開いている気配がする。今日は宗司も和服を着て生徒の相手をしているのだろうか。

どんな顔をして教えているんだろうと想像してみるが、親切に指導している宗司の姿は、やはり思い浮かばなかった。

トントンと足音がして、庸一がアトリエから下りてくる。時間にしたら十分程度で、随分早いお帰りだ。

再び土間に下り、板の間に腰を下ろした庸一が、孝祐の顔を見つめた。

「まだ全然仕上がっていなかった」

「そうでしょうね」

昨日が初日で、縛られていたのも短時間だった。そんなもんだろうと相槌を打つ孝祐だが、庸一は「いつもより雑だ」と不満そうだった。

「あんまり気が乗っていないようだ。やっぱり私が選んだのがいけなかったのかな」

困った顔でそう言われ、なんだか自分が悪いような気がしてくる。初めから孝祐に対して興味がなさそうだったのは知っていた。だから絵にも気持ちが乗らないのだろうか。

描いている最中も色気が足りないとかしゃべるなとか、文句を言い通しだったが、途中からはいい顔になってきたと褒められた。だけどあの程度では足りなかったらしい。

「まだ時間もあることだし。そのうち変わってくるかな」

こんな時も庸一は楽観的で、「まあ、なんとかなるさ」と笑って言った。

その日の夜、孝祐は再びアトリエの柱に縛られていた。恰好も体勢も同じ、縄の赤い色も同じままだ。

そして宗司も昨日と同じようにして、絵筆をとっている。顔つきも変わらず、孝祐に向ける冷たい視線も同じだった。

「……今日は無口なんだな」

されるまま素直に縛られ、黙ってモデルをしている孝祐に、宗司が言った。

「ベラベラしゃべるなって言ったの、そっちじゃねえか」

「ああ、そうだったな」

昨日注意されたことを守り、苦心して顔を上げながら宗司を見つめる。淡々と手を動かす姿には、やはり熱を感じなかった。

昼間庸一が言っていたように、孝祐をモデルにして絵を描くのに気が乗っていない様子だ。だけど、ではどうすればいいのか、孝祐にも分からない。

　今までここに来たモデルはどうだったのだろうか。みんな最初から上手くやれていたのだろうかと、縛られながらそんなことを考える。

「調子はどうだい？」

　柔らかい声とともに、庸一が姿を現した。昼間の着物とは違い、今は襟のついたシャツにスラックス姿だ。

　階段を上がってきた庸一は、柱に縛られている孝祐を認め、顎に軽く指を置き、ふんふんと頷いている。

「赤が似合うね」

　肌に食い込む縄の色を庸一が褒めた。そういえば昨日宗司も同じことを言っていた。自分にはこの色が似合うのかと納得する。纏っているのは縄なわけだが。

　適当なことを考えている孝祐の顔を見て、庸一が「うーん」と首を傾げた。

「構図は悪くないが、少しおとなしくないか？」

　そう言いながら、こちらに近づいてきた。

「それに表情がよくないねえ……どうしてだろう。オークションで観た時には、随分いい顔をしていると思ったんだが」

　やはりモデルに不服なようだ。

申し訳ない気持ちはあるが、仕方がないじゃないかとも思う。孝祐はプロのモデルではないし、リクエスト通りの表情など作れない。ましてや色気を出せと言われても、そんなものは自在に出せるものでもない。

「それとも溝口君が上手だったのかな……？」

孝祐の顔を覗き込みながら、庸一がそんなことを言った。

「彼らの特技はセックスだからね」

上品な顔をして、えげつないことを言うんだなと、その顔を見つめ返す。

「あの男を呼んできて、手伝ってもらおうか？」

冗談じゃないと言い返そうとした孝祐よりも先に、宗司が声を出した。

「それには及びません」

オークション会場へやってきた時と同じ、硬い表情と声で宗司が答える。

「そうかい？　だけどあまり適当なものは出せないよ？」

「分かっています」

二人のやり取りを聞きながら、孝祐はこの親子の関係性に、やはり違和感を覚えていた。

庸一の態度は会った時から変わらず飄々としたものだが、息子の宗司は庸一がいるといないとでは、明らかに雰囲気が違うのだ。無表情で言葉が少ないのは変わらないが、どこか緊張している。従順に言うことを聞いているようでいて、完全には受け入れていないような頑なさを感じた。

　最初は仲が悪いと言っていた溝口の存在のせいかと思っていたが、どうやらこの親子の間にも、何かしらあるらしい。

「しかし時間もあまり取れないことだしねえ……」

　提案を退けられた庸一は、納得いかない声を出し、再び孝祐に視線を移した。

「高い金を払っているんだから、君もちゃんと仕事をしなくちゃ」

「はあ……」

　曖昧な声で返事をすると、庸一が「その気になってもらわないとね」と温和な笑みを浮かべ、孝祐の頬を指で撫でた。

「……私はどちらかというと、女の子のほうが好きなんだが」

　頬に触れた指が頤を渡り、首筋へと移動してきた。

「君はとても綺麗な顔をしているから、まあ、……いいか」

　驚いて目を見開いている孝祐の肌の上を、庸一の手が滑っていく。

「こんなおじさんが相手じゃ、君のほうが萎えてしまうかな」

「え、……え？」

「でも宗司の作品のためだからね。協力してもらわないと」

　縄の上から孝祐を撫で、その手がすっと離れた。「やっぱりちょっと構図を変えようか」

と言い、庸一の姿が目の前から消えた。

　柱の後ろに回った庸一が、孝祐の縄を解いている。許可も得ずに勝手なことをする庸一に、宗司は何も言わない。

　足首を繋いでいた紅い縄が、膝の上に回された。グイと引き上げられて、床に尻をついたまま、片足だけ吊り上げられた。

　足で挟んでいた柱を、今度は後ろ手で抱くような形になる。柱に背をつけ、片足を上げたまま、大きく広げられた恰好が出来上がった。

　縄を扱う庸一の手の動きは流れるようで、だけど宗司よりも縛り方が強かった。モデルの負担を考えていないような、容赦のない力で縛り上げられる。

「ああ、こっちのほうが煽情的だ。……そそられる」

　目の前にやってきた庸一が孝祐を見下ろし、微笑んだ。

　これから何をされるのかということの想像がつき、それを自分の息子の前でやろうとしていることに、ゾッとした。

　視線を前にやると、宗司がこちらを見ていた。相変わらず色のない表情で、何を考えているのかまったく分からない。

「さて、若い男の子か。私の時はどうだったか。随分昔のことなんで、忘れちゃったよ」

　そう言って笑いながら、広げられた孝祐の足の中心に手を伸ばしてきた。いきなりペニスを摑まれ、思わず「ぅっ」と声が上がる。無理な体勢と食い込んでくる縄の痛さで、顔が歪んだ。

「まあでも男なんだから、直截な刺激が一番なんじゃないかな」

　握った手を上下に動かしながら、庸一がなんでもないような声を出した。庸一の手は、本人の持つ雰囲気と同様、柔らかくて生温かい。

　驚きと苦痛で、庸一の手の中のモノは、くったりと力を失ったまま、なかなか形を変えない。

　しつこく孝祐のペニスを扱きながら、「うーん、大きくならないねえ」と不満げな声を出されるが、こっちだってどうにもならない。感じると思う余裕なんてなく、ただただ今の状況から逃げたかった。

「……ぅ、う」

　顔を顰め、苦痛に耐える孝祐の顔を、庸一が眺めている。

「思った感じとは違っているが、そういう顔もいいよ。……ほら、宗司に見せてあげて」

　庸一の言葉に、ハッとして顔を上げた。急激な状況の変化についていけず、忘れていた宗司の存在を思い出し、カッと顔が熱くなる。

　少し遠くに佇む宗司は、孝祐の痴態を眺めながら、筆を動かしていた。

　柱に縛られ片足を大きく広げ、自分の父親にペニスを扱かれている孝祐の姿をじっと見つめているのだ。

「……ああ、どうしたんだろう。急にその気になったみたいだ」

「く……、っ、あ」

意思とは関係なく、庸一の手の中のモノが頭を擡げていく。異常な状況に置かれ、こんな醜悪な姿を、あの冷たい目をした男に見られているのだと思うと、なぜか息が上がり、背中からぞわぞわとした感覚がせり上がってきた。

「は……っ、は……」

気持ち悪いだけだった庸一の手の感触が、別の刺激に変わってくる。襲ってくる快感に抵抗しようと首を振るが、肌に食い込む縄の存在を知らしめられ、かえって身体の熱が上がる。

「ああそうか。他人に観られることに興奮するのか」

「違う……っ」

強い声で否定する孝祐に、庸一が笑っている。

「図星か」

「違うって！　……あぅ、っぅ」

「どちらでも構わないよ。その気になってくれさえすればいいんだから。……ああ、いい顔になってきた」

楽しそうな声に悔しさが込み上げるが、身体が言うことを聞かない。擦り上げられる刺激にどんどん息が上がり、声が溢れ出そうなのを必死に堪(こら)えた。

「う……、く」

唇を噛み下を向こうとすると、「ちゃんと顔を上げて」と叱られた。

「ほら、気持ちがよくなっているところをちゃんと見てもらいなさい」

耳元で庸一が笑う。「仕事だよ」と言われ目を上げると、宗司と視線がぶつかった。

「あ……っ、ぁ」

快感に喘いでいる顔を見られていると思ったら、なぜか興奮が増し、とうとう声が溢れ出た。膨張したペニスの先端に蜜が浮かび、庸一の掌が濡れていく。

「やっぱり見られるのが好きなようだ。それとも、……相手が宗司だからかな?」

「うぁ、……っ、あぁぁ」

否定の声を出す前に、掌で亀頭をくるくると撫で回され、悲鳴が上がる。そこだけを執拗に刺激され、自由を奪われながらも腰が浮き上がり、手の動きを追いかけるようにして蠢き始めた。

「や、め……っ、あ、あ、ああっ、ああ」

縄が食い込み痛いのに我慢できない。イキそうになると指が離れ茎を扱かれる。そちらの刺激に慣れてくると、また指先で先端を弄られ、翻弄された。

「イッてしまわないように可愛がってあげるから」

はぐらかされ、すぐに追い上げられ、寸前で止められる行為は拷問だ。開きっぱなしになった口からは、情けない声しか飛び出さない。

「も、も……、や……っ、んん、あぁ……っ」

見られていることも、縛られていることも忘れ、悶絶を繰り返した。

緩急を繰り返す刺激に抵抗もできずに翻弄されているうちに、ふと今までに感じたことのない違和感に襲われた。視線をそこにやると、開かれた足の間に庸一が何かを挿入しようとしている。

「っ、やめろ……！　嫌だ。……やめ……あっ、あぁ——っ」

玉を連ねた数珠状の細い棒がそこに当てられ、ツプリと先端が入り込む。壮絶な違和感に襲われ絶叫するが、庸一は手を休めず、それがズルズルと中へと押し込まれていく。

「力を抜いて。いいところに当ててあげるから」

逃げられない状態で、アナルビーズがどんどん入ってくる。ゴロゴロとした感触が気持ち悪く、自分がどうなってしまうのかが恐怖だった。

「やめて、くれ……、ひ、……ひ、っ……んんんぅ……、ひぁ、あぁぁ……」

どれくらい入れられたのか、中でそれが蠢いている。一旦押し込んだそれがズルリと引き抜かれると、粘膜が捲れるような感触に襲われ、悲鳴が上がった。

「やぁ、め……っ、やだ、やだ……ぁ、ぁあ」

「大丈夫だよ。ちゃんと気持ちよくなる場所があるんだから、おとなしく待っていて」

宥めるように言われるが、恐怖が先に立ち、おとなしくなんかできない。身を捩って逃げようとし、食い込んでくる縄に阻止され、ますます悲鳴が上がった。

庸一の手が探るようにゆっくりと動いていく。不意にそれがある場所を掠め、孝祐の身体がビクン、と跳ね上がった。孝祐の反応に、手の動きがそこで止まる。

「あ……、あ……、っ、は、は……ぁ、あ、あぁぁ……」

グリグリとそこを押され、尾を引くような声が出た。壮絶な射精感に襲われ、出してしまおうと腰が突き出る。大きく足を広げ、みっともない恰好のまま腰を前後させるが、終わりが来ない。

「う……ふ、ぅ、……んんぁ、ぁああ、ぁあっ、ああっ」

口から唾液が零れ出る。射精感が続くのに、だけど達してしまえない。

触ってくれればすぐにでもイケるのに、庸一の手は孝祐のペニスから離れ、おもちゃを使ってそこだけを執拗に刺激している。手も足も縛られ、自分で触ることもできずに、無理やり快感を味わわされるだけで、終わらせてもらえないのだ。

「ふぅ、……ぁ、はあ、はぁぁ……ぁぁあ」

唾液と涙がバタバタと落ち、自分を拘束している縄を濡らす。

「そのまましばらく見られておいで」

アナルビーズを摑んでいた庸一の手も離れ、それを入れられたまま孝祐一人が放置された。中に入り込んだ棒の先端が孝祐の狂う場所に留まり、鈍い快感が際限なく孝祐を苛める。勃起したままのペニスはヒクヒクと震え、それに合わせるようにして孝祐の腰も痙攣した。

「……いい表情ができるじゃないか」

庸一の声がするが、どこから聞こえるのかすら、もう分からなかった。

朦朧としたまま、寸止めの絶頂が続く。オークション会場で溝口にやられていた時でさえ、こんなふうになることはなかった。

「ぁあ、ぁぁぁ……、あぁ、ぁあああ」

びくびくと痙攣しながら、押し寄せてくる絶頂感に何かを考えることもできなかった。

「……暴れるなよ」

すぐ耳元で低い声が聞こえた。

気がつくと、柱に括りつけられていた縄が解かれていた。両足とも床に落ちていて、柱にぐったりと背をつけている。身体が自由になっているはずなのに、孝祐は両足を大きく広げたまま、床に座っていた。

「ゆっくり抜くから。……動かないでいろ」

自分に話しかけているのが宗司だと気づく。言われたことの意味を理解する前に、尻に埋め込まれた異物がズリュリと引き抜かれていった。

「ぁぁぁぁぁぁああ」

仰け反る身体を強い力で抱かれる。勝手に跳ね上がるのを宥めるようにして、背中を擦られた。

ずっと苛まれていた刺激が去るが、まだ中で何かが蠢いているような感覚が残っていた。足を閉じたくても身体は言うことを聞かず、力が入らない。

「んんぅ……、う……」

グズグズと熾火のような熱が身体の中を駆け巡り、いつまで経っても治まらない。初めての経験に、快感よりも恐怖が立ち、情けないと思いながらも、涙が止まらなかった。

細かく痙攣を繰り返しながら泣いている孝祐を、宗司が見つめている。庸一の姿は見えなかった。側にいるのかもしれないが、視線も動かせない。

興奮したままの劣情を不意に包まれた。孝祐を見つめ、宗司がそれを握っている。

「ああっ、あ、あぁ、ああっ……」

上下される動きに、抵抗する間もなく追い上げられていく。待ち望んでいた悦楽を与えられ、孝祐はすぐにもそれに追いすがった。不自由な身体のまま腰を揺らし、手の動きに合わせた。恥ずかしいとか情けないとか、考える暇もなかった。

「んんんぁ、はぁ……ぁ、ん、ん」

突き上げるようにして腰を回し、宗司の掌にそれを擦りつける。高く鼻にかかった声が自分の口から発せられるが、構っていられなかった。

「イ……く、イク、……っ」

「ああ、イっちまえ」

低く、穏やかな声に促され、安心して身を任せた。大きな掌で擦り上げられ、しゃくり上げながら高みへと駆け上がった。

「あ、あっ、ィ……ッ、っ、っ、……っ！」

最後には声も出ず、そのまま絶頂を迎えた。びゅくびゅくと白濁が飛び出し、自分の足と床を濡らす。宗司の手は孝祐を包んだまま、全部を出し切るまで付き合ってくれた。

激情が去り、やっと目の焦点が合ってくる。孝祐を覗く宗司の顔がはっきりと目に映り、それを見つめたまま呼吸を繰り返していた。

「ん……」

大きく一つ息を吐くと、それを合図のようにして、宗司の手が離れていった。

昨日と同じで、身体はすぐには動かず、広がったままの足を宗司がゆっくりと伸ばしてくれた。

「少し……回復に時間がかかるかもしれない」

だらりと床に落ちている孝祐の腕を手に取り、宗司が揉んでいく。動かされるたびに関節がギシギシと鳴り、痛みが走る。

「無理な恰好のまま、かなり動いてしまったからな」

そのままゆっくりと押され、床の上に寝かされた。昨日と同じように腕で支えながら、孝祐の身体を倒していくのに素直に従った。

ぐったりと横たわっている孝祐の残滓を宗司が拭いてくれる。今更抵抗する気力も起きず、すべてを任せた。実際身体が動かなかったし、羞恥とか反抗とか、それ以外のすべての感情もなぎ倒されていた。

「……あんたの父親、鬼畜だな。あんな上品な顔して、やることがえげつねえよ」

孝祐の身体を揉んでくれながら、宗司がふっ、と息を吐いた。

「あの人は……いろいろと手段を選ばない人だから」

援護というよりは、諦めたような宗司の声に、その顔を見上げた。

「あんたら、本物の親子じゃねえだろ」

外見も雰囲気もまるで違う。何よりも二人の間に漂う空気は親子のそれではないと思う。

庸一のしていることは、息子にいい絵を描かせてやりたいというより、より価値の高い絵を仕上げさせたいという要求のほうが強い。モデルの構図を勝手に変えるなんていうのは、画家にとったらとんでもないことなんじゃないかと思う。そもそも宗司は春画を描きたいのかさえ疑問だ。

「そう見えるか」

宗司は否定も肯定もしない。だけど笑っているような声を聞いて、孝祐はやはり違うのだと確信を持った。

「やっぱりな」

孝祐の声に宗司は何も言わない。

「再婚とか。連れ子とか？」

何を言われても、何をされても受け入れざるを得ないような従順な態度。そのくせ心では従っていない。庸一は宗司のそんな感情を承知の上で勝手に振る舞う。

二人の関係は主従のそれだ。宗司には庸一に従わなければならない理由があるのだろう。

「それとも俺みたいに買われたくちか？」

孝祐の言葉に宗司は仄かに口端を上げた。その顔のまま「買われたわけじゃない」と言った。

「だが、そうだな。俺はあの人に飼われている……みたいなものかな」

「飼われてる……？」

「父は再婚もしていないし、俺は連れ子でもない。戸籍上はあの人の子として生まれたが、あの人の子ではない」

孝祐の足を揉んでくれながら、宗司が淡々と説明する。つまりは宗司の母親は、宗司の父親と夫婦でありながら、別の男の子どもを産んだということか。

そしてその事実をこの父子は知っていて、一緒に暮らしているということになる。

「母親は？　離婚したのか？　あんたを置いて」

「いや、離婚していない。今ここにはいないが。入院しているから」

「ふうん。……大変だな」

「もともとあまり丈夫ではないから、こんなことはしょっちゅうだ」

大変の意味を親の入院と受け取ったらしい宗司がそう言った。

他所で作った子どもを産み、血の繋がらない男を父と呼ぶような環境は、彼にはそう大変なことではないらしい。まあ、家庭の在り方はそれぞれで、ここは大きなお屋敷だ。家柄とか世間体とか、庶民には計り知れない事情があるのだろう。

「そんで、あんたの本当の父親は分かってんの？　そっちと揉めたりしねえのかな」

「詮索好きだな」

宗司に睨まれ、孝祐は寝転がったまま肩を竦めた。

「悪ぃ。ちょっと興味湧いて。俺は自分の父親が誰だか知らねえから。同じかな、なんて思ってさ」

こんなことで親近感を持っても仕方がなかったと、素直に謝る孝祐を、宗司は何も言わずに見つめている。

「うちの場合は結婚もしないで俺を産んでたからさ。家出して戻ってきたと思ったら、俺を連れてたんだって。じいちゃんが言ってた。そんで、『どうしたんだ』って聞いたら、『なんかできたから産んだ』って言ったんだってさ。なんだよそれ、だよな」

　他人の家庭のことをズケズケと聞いてしまった詫びというわけでもないが、孝祐は自分のことを話した。田舎に帰れば誰でも知っていることだった。孝祐の母親のだらしなさは、地元では有名な話だ。

「俺の場合は、そんなのに子どもなんか育てられねえって、じじばばが引き取ってくれたんだけどさ。両方ともわりとすぐに死んじまって、結局母親んとこに行った」

　無責任で男にだらしない母親との生活は、修羅場の連続だった。誰かに寄りかかっていなければ生きていけない依存気質は、常にトラブルを呼んでいた。女同士で髪の掴み合いをするのを仲裁したこともあったし、出ていく男の足に追いすがり、泣きわめく姿も見た。包丁を振りかざす母親から、男と一緒に震えながら逃げたものだ。

　八つ当たりも当然受けるわけで、母親の醜い面を常に見ながらの生活だった。

「女が怖いというのは、母親が原因か」

「まあな。母親ばっかりじゃねえし。女同士の喧嘩って、マジ凄えよ」

　そんなものばかりを見せられて、恋愛に夢など持つはずもない。そういうものとはなるべく無縁で過ごしたかった。

「……結局他人の恋愛沙汰に巻き込まれて、今こうなってんだけどな」

「巻き込まれて……？　どういうことだ」

間抜けな話だと笑っている孝祐に、宗司が聞いてくる。

オークションに出されることになった経緯を話すと、初め宗司は驚いたような顔をして、それから呆れたように眉を顰め「馬鹿な話だ」と言った。

「うるせえよ。馬鹿なんだよ。言われなくても知ってるよ。けどしょうがねえじゃん」

自分だって関係ないと逃げようとしたのだ。だけど溝口は狡猾で、絶対に逃がさないだろうと思ったから、せめて一つでもこっちの条件を吞んでもらおうと頑張っただけだ。

「とにかく悔しかったんだよ。全部あいつの思い通りにさせるのが」

動かない身体で床に寝転がったまま憤慨している孝祐をマッサージしながら、宗司が「無茶な奴だ」と笑って言った。

言われたことはまったくその通りで、反論の余地はない。

「……でもさ、売られた先がここで、まあ、よかったんじゃね？」

孝祐の言葉に、宗司が意外そうな顔を作る。無愛想だと思っていたのが、案外いろんな表情をするんだな、なんてことを考えながら、孝祐は「だって」と続けた。

「寝る場所もあるし、飯も食えて風呂も借りられるし。待遇いいよなあって……」

そこまで言ったら宗司が噴き出した。「ぶは」と息を吐き、クックッと身体を震わせて笑っている。何かがツボに入ってしまったらしく、笑いが止まらない様子だ。

「お前……、待遇いいって。……あんなことをされておいて……能天気すぎる……」

大きな身体を縦に揺らし、息も絶え絶えになりながら、宗司が言う。

「うるせえよ。喉元過ぎるとすぐに忘れるんだよ、俺は！」

物事を深く考えずに行きあたりばったりなのは昔からだ。これで随分痛い目にも遭ったが、頭も悪いのですぐに忘れる。無駄に前向きなのだ。

笑いが収まらない宗司は、笑ったまま孝祐の身体を揉んでいる。時々思い出すのか、ふ、と息を吐きながら、それでも丁寧に孝祐の身体のケアをしてくれた。

痺れた腕を持ち上げられ、ゆっくりと回される。宗司の口元はまだ笑っていて、いつもの冷たく鋭い眼光が影を潜めていた。笑い皺の浮かんでいる目元は冷たいというより涼しげで、なんだ、こういう顔をしていれば、滅茶苦茶イケメンなんじゃねえか、なんて思う。

今日は若社長というより、老舗のカフェのマスターみたいに見える。いや、画家だと言われたら、納得するかもしれない。

「あんだけのことされたんだから、いい絵を描いてくれよな、春画家さんよ」

いつまでも笑っている宗司に向かい、マッサージをされながら、孝祐が憮然とした声で言うと、宗司は変わらず笑ったままの顔で「ああ、そうだな」と言った。

「きっちり仕上げるさ。仕事だからな」

そう言いながら、宗司は「でも、そうだな」と、孝祐の顔を見下ろす。

「本音を言えば、あっちのお前よりも、今の顔のほうを描いてみたいよ」

へ？　と孝祐を見つめている顔を見上げると、宗司は笑い「うつ伏せになれ」と命令してきた。素直に身体を反転させ、揉んでもらう。

大きな掌はほどよく硬く、だけど弾力性もあって、ゆっくり押されていくうちに、強張っていた身体も、気持ちも、解されていくようだ。

宗司は背中を押してくれながら、肌についた縄の傷を見つけ、「ああ、傷がついてしまった」と、残念そうに言った。


翌日の午前中は、昨日と同じように孝祐は蔵で過ごした。今日もモデルの仕事は夕方からになるらしい。この家に連れてこられてから四日目になる。

身体はまだ痛かったが、熱は出なかった。あれだけ乱暴なことをされたのにと、自分の頑丈さと図太さに苦笑した。

縄を解かれてからのケアと、それからの宗司との会話が、いろいろなことへのショックを和らげてくれたのかとも思う。あの時間がなかったら、いくら鈍い孝祐でも立ち直れていなかった。

明け方から降っていた雨は昼には上がっていて、涼しい風が吹いていた。残暑もそろそろ終わる頃だ。

孝祐は蔵を出て、宗司の部屋に向かった。日中は用事で出たり入ったりしているから、適当にしていろと言われていた。離れにある宗司の部屋は独立していて、風呂も簡易キッチンもある。孝祐の食事は初日に蔵まで運んできてもらった以外は、宗司の部屋で食べていた。

大概は母屋から運んできたもので、たまには仕出し弁当も出る。宗司がここでキッチンに立つ姿は一度も見ていない。

今日は庸一の姿も見えなかった。母屋にいるのか、それとも宗司に用事を任せ、自分は遊びにでも出かけているのだろう。

裏の道を歩き、池の鯉を眺めたりしながら、ゆっくりと歩いた。母屋への出入り禁止以外は比較的自由にさせてもらっている。孝祐が逃げても溝口が絶対に見つけ出すと高を括っているのかとも思うが、いろいろと無頓着な家だ。

玄関の扉を開け中に入る。ここはいつも鍵がかかっていなくて、いつでも出入り自由だ。不用心だと言ったのだが、宗司は平気な顔をしていた。敷地内だし、盗られて困る物も特にないと言う。

鍵がないのは本人が無頓着なのではなく、庸一がつけさせていないのではないか。昨日の宗司との会話を思い出し、孝祐はそう考えた。不義の息子に対し、どういう感情を庸一が持っているのかは分からない。だが、真っ当な父親の情ではないことは確かだと思う。

部屋というより小さな一軒家のような離れは、アトリエと同じく整然と片付けられ、清潔に保たれていた。

台所でお湯を沸かし、インスタントのラーメンを煮る。

「適当にしとけったって、食うもんねえじゃん。ネギも卵もねえし」

棚にあるのはインスタント食品ばかりで、冷蔵庫も水と、醤油（しょうゆ）などのちょっとした調味料しか入っていない。普段は母屋で食事を取るのだろうから必要もないのだろうが、ビールぐらいは入れておけよと思った。

麵（めん）と粉末スープだけのラーメンを平らげ、一息つく。やることもないので、宗司の部屋を探索して回ることにした。適当にしておけと言ったのだから、それくらいは構わないだろう。

畳敷の居間から隣に繫がる襖（ふすま）を開けた。ここも畳だったが、ベッドが置いてあった。壁には本棚があり、スチール製の机と椅子があった。どれも年季が入っており、宗司がずっとここで生活をしているのだということが分かった。両親は母屋に住み、息子は離れに住んでいるのか。いつからそうなのだろう。いびつな家庭だ。

ここもすっきりと片付いていて、なるほど盗られて困るような感じの物もない。ここで生活をしている痕跡（こんせき）が確かにあるのに、生活感が薄かった。まるでいつでも出ていけるようにと、何も置かないでいるように感じた。

本棚には書の本と美術関係の本が数冊並べられていた。日本画ばかりでなく、油絵や水彩画のものもあり、大学名の入ったものもある。宗司は大学で絵を学んでいたようだ。

本棚の隅には、古いスケッチブックが何冊も差し込んである。

「漫画とか週刊誌が一冊もねえな」

独り言を言いながら、スケッチブックに手を伸ばしてみるが、秘密を探るような気がして躊躇（ちゅうちょ）した。ここに自分以外をモデルにした春画の下絵があるのかと思うと、興味が湧くような、見たくないような気分だ。

「何をしている？」

「おわっ」

背後から急に声をかけられ、孝祐は飛び上がった。振り向くと、部屋の入り口に宗司が立っている。

「あ、悪い。飯ここで食って。ついでになんか読むもんないかなって思って、勝手に入った」

コソコソと人の部屋を漁（あさ）るような真似（まね）をしたバツの悪さで、しどろもどろになって謝る孝祐に、宗司は「別に構わないが」と言った。

「お前が読みたいようなものはないかもな」

孝祐の隣に並び、宗司が本棚に並んだ背表紙を眺めている。

「大学で絵の勉強してたんだな。なんの絵描いてたんだ？　やっぱり日本画？」

「ああ、最後には日本画を専攻したが、いろいろ描いていた」

「ふうん。このスケッチさ、見てもいいか？」

本棚の隅にあるスケッチを指し孝祐が尋ねると、宗司がそこに手を伸ばし、一冊を手渡してくれた。

開いてみると、中にあるのは春画ではなく、静物画だった。風景や花や葉を描いたものもある。どの絵にも色が塗られていて、スケッチではなく完成品のように見える。

葉脈や花びらが細い線で綿密に描かれ、微妙に色の違う絵具で塗られていた。どれも色鮮やかで質感があり、とても綺麗だった。

「凄えな。これだけで売り物になりそうだ。絵葉書とか」

どこかの湖を写した風景画もある。ページを捲っていくが、人物が描かれているものは一枚もない。

「人は描かないのか？」

「人物画は、あっちで嫌というほど描かされているから」

そう言って宗司がわずかに肩を竦める仕草をした。

「あっちは仕事。これは趣味だ」

「あんた本当は春画とか描きたくないいんだろう。こういう絵が描きたいんじゃねえ？」

問いには答えず、孝祐の手からスケッチブックを取り上げ、本棚に戻している。

「嫌なら言うことを聞く必要もねえんじゃねえか？　家庭に複雑な事情があるにしてもさ」

行きたくもないオークションに無理に引っ張り出され、仕事相手だからと嫌いな人間と付き合えと言われ、描きたくもない春画の仕事をやらされている。書の仕事もほとんど宗司が引き受けているようなものだ。その上父親の全部のフォローをさせられ、そうしながら本人は、広い敷地内の離れに、隔離されたようにして一人で住んでいる。

「もうさ、丸投げしてやめちゃえば？」

そこまで父親の言いなりになることなんかないと思う。

「そんなに簡単に放り投げるわけにはいかない。ここを維持していくのは大変だからな」

「そりゃそうだけど。てか、あの親父さん、全然働いてないじゃん。暇そうにしてさ。あんた一人がババ引いて、あの親父さんが楽してるっていうのが納得できないんだよな」

孝祐の声に、宗司がクク、と喉を鳴らした。見上げると笑っている横顔が見えた。出会った初めは笑うことなんかあるのかと思ったものだが、昨日から随分この男の笑顔を見ている。

「そういえばさあ、ここのキッチン、食いもんなんにもねえんだけど」

　孝祐はここの食材の貧困さに苦情を入れた。

「卵ぐらい入れとけよ。具なしのラーメンじゃ全然腹いっぱいになんねえし」

「ああ、あんまりこっちで食べることがないから」

「あとビールとか。あんた酒飲めねえの？　凄え飲めそうだけど」

「普段は飲むが、補充していなかった」

「なんだよ。入れとけよ」

「お前なあ……」

　呆れた顔をして、宗司が孝祐を睨んだ。

「分かってるよ。立場考えろって言うんだろ？」

　言われる前に先に言うと、宗司が笑った。

「だってモデルの仕事以外はやることねえんだもん」

「じゃあ、買い出しにでも行くか」

「え？」

「だってまだ腹が減ってるんだろう？　俺は出先で食べてきたが。確かに何もないからな。食材を補充しておこう」

吃驚(びっくり)している孝祐を部屋に置き、宗司はさっさと出かける準備をしていた。

「ちょっと行ったところにスーパーがある。そこで好きな物を買えばいい」

「……いいの？」

「いいんじゃないか？　なんでだ？」

逆に聞かれてしまい、孝祐はうーんと首を傾げた。

「だって俺、あんたらに買われてここに監禁されてるわけだし」

「誰が監禁してるんだよ。傍若無人に振る舞ってるくせに」

「まあ、そうなんだけどさ」

「別に買い物に出るぐらい、いいだろう」

宗司にそう言われ、自分を買った本人がそう言うならまあいいんだろうと、一緒に外に買い物に出ることにした。

雨上がりの外は過ごしやすく、四日振りの外出が孝祐には新鮮に映った。別に幽閉されていたわけではないが、街の雑踏に紛れている自分という存在にホッとする。自分とはまるで関係のない人々が行き交う空間に、自由を感じるという感覚は初めてで、なんだか面白く、楽しい。

宗司の言っていたスーパーは歩いて十五分ほど行ったところにあり、二人で入る。

「食べたいもん買っていいの？」

子どものような孝祐の質問に宗司が笑い、「ああ、いいよ。好きなものを入れろ」と言うので遠慮せずにどんどんカゴに入れていった。

「お母さん入院してるんだろ？　普段の食事はどうしてんだ？」

「必要に応じて家政婦に来てもらっている。母親がいる時にも来てもらっていたから。だいたい二人とも外食が多いし、あまり家で食べない」

「そうなんだ。なあ、材料買って、あんたの部屋で作ってもいいか？」

「料理ができるのか」

「できるよ。居酒屋でバイトしてるし、田舎にいた時も自分で飯作ってたから」

祖父母が亡くなり母親に引き取られてからは、食事は自分で調達することが多かった。母親は帰ってこない日も多かったし、家にいても孝祐のために料理を作るなんてことはしなかった。

「弁当も自分で作って持ってったよ。買い弁することもあったけど、作って持ってけば金も浮くし」

母親が寝取った相手の女が乗り込んできた時や、男と別れて荒れた親に当たられるよりも先に、家から逃げなければならなかった。そういう時に金がないとどうしようもない。バイトを始める前は、母親が気前のいい時にもらった金を、どう使わずに済ますかといつも考えていたものだ。

「友だちん家渡り歩くのにも限界あるし、つうか、腹減ると気分が落ち込んで、いろいろへこむだろ？　マイナス思考になるっていうか。だから働き口もいつも飲食系。人間食えているうちは、なんとかなるから」

食べる物と寝床があれば、なんとか暮らしていける。十八歳を過ぎれば、寝床がなくても補導されずに居場所が確保できた。

「だから十八になった時に学校も辞めて家を出たんだ。親の都合に左右されない生活を、まず確保したかった」

あとは嫌なことは忘れ、楽しいことに没頭する。楽観的な性格は、生まれつきのものもあるかもしれないが、嫌なことはすぐに忘れたほうがいいと、母親との暮らしの中で学んだからなのかもしれない。

宗司の許可をもらったので、献立を考えて材料を入れていく。どうせなら今日の夕飯も作ろうと思い、宗司に何が食べたいかと聞くと、驚いた顔をされた。自分に作ってもらえるとは思わなかったらしい。

「フランス料理とか言われたら困るけど、大概のものは作れるぜ？　ハンバーグでも海老フライでも。彼女に作ってもらいたい男の人気料理はカレーが断トツなんだってよ。あとは肉じゃが。どっちも作れるけど」

そこまで言ってから、別に俺は彼女じゃなかったと気がついた。

「じゃあ、タイ料理にしよう」

急に献立の方向転換をした孝祐に、宗司が目を丸くする。

「なんでタイ料理？」

「急に食べたくなったから。いつか賄いで食ったのが美味かったんだ」

肉の売り場に行き、ひき肉をカゴに放り込む。

「本格的なやつじゃないけどな。ピリ辛のそぼろかけご飯。半熟の目玉焼き載せて、レタス刻んで混ぜて食うんだ」

「美味そうだな」

「だろ？　じゃあ決まりな」

男二人で相談しながら夕飯の買い物をする。嫌いな食べ物はないかと聞いたらないと答えたので、パクチーをカゴに入れたら嫌な顔をされた。

「なんだよ。今好き嫌いないって言ったじゃんか」

「パクチーは好き嫌いの範疇に入る食材じゃないだろう。クレソンなら大丈夫だ」

「それ、全然違うし。パクチー入れると俄然エスニック度が増すんだけどな」

「そこまで本気になることはない」

そんなことを言い合いながら買い物を続ける。仕方がないからパクチーを諦めたら、宗司がカゴにビールを入れてきた。

「今日の分の仕事が終わってからだぞ」

孝祐に釘を刺しながら、六缶で一つにまとめられたビールを持ち「足りるか？」と聞いてくる。

「足りないって言ったら買ってくれるのか？」

「駄目だな」

「駄目なんじゃん」

なんでだろう。ただ夕飯の買い物をしているだけなのに、とても楽しい。

いつもつるんでいた友だちと、コンビニでビールを買ったりする時と違う、浮き立つような心地好さがあった。何食いたい？　とか、これは嫌だとか、これならいいとか、なんてことない会話が、馬鹿みたいに楽しい。

宗司はさっきからずっと笑いっぱなしで、文句を言ったり、驚いたり、コロコロと表情を変え、孝祐の言うことにいちいち反応する。それが面白くて、こっちも突拍子もないことを言ったり、我儘を言ってみたりして。

「しかしあれだよなあ。あんたも無防備っていうか、警戒心ないっていうか」

孝祐の言葉に、宗司が「何が」と不思議そうな顔をする。

「だって、こんなふうに外に買い物に出かけてさ。このまま俺が走って逃げちゃうとか思わないの？」

　溝口は逃げられないようなことを言っていたが、それは孝祐が先輩の幸田を見限れば、逃げ切るのは可能だ。オークションに出たのだから、溝口との契約は果たしたとも言えるし、最悪警察に駆け込んだっていい。幸田がリンチに遭おうが女が売られようが、孝祐には関係ない話なのだ。

「そうだな。逃げるのなら今がいい」

　宗司は相変わらず笑顔のままそんなことを言う。

「父は今日、遅くまで会合に出ているから、明日になっていなくなっていたって言えば、かなり遠くまで逃げられる」

　宗司が孝祐の逃亡をけしかけるようなことを言う。その上逃亡用の金をおろそうかと言われ、慌ててしまった。

「冗談だよ。逃げねえし。逃げても溝口にすぐに捕まるだろうし」

「あいつのことは心配しなくてもいい」

　初めて会った時のような硬い表情を作り、宗司が言った。

「あの男に借りを作るようなことは、もともとしたくなかったんだ」

「じゃあ、俺が逃げたら逆に借り作っちゃうんじゃねえ？」

「大丈夫だ。あいつに関してはどうとでもなる。だいたいお前だって関係ないことに巻き込まれただけなんだろう？　逃げていいぞ」

ほんの軽口のつもりで言ったのに、そんなふうに言われ、急に決断を迫られて、孝祐は動揺した。

カゴに入れられた夕飯の材料とビールを眺め、考える。

確かに宗司の言うことはその通りで、孝祐はあの屋敷に居続ける義理はないように思う。そして逃げるなら今が最大のチャンスで、宗司も協力すると言うのだ。

オークションで孝祐を買いに来た時から、宗司は乗り気じゃなかった。描いている下絵も、雑でやる気がないようだと庸一が言っていた。

自分が消えたら、宗司はもっと気が乗るようなモデルを探すのだろうか。

無言のままスーパーの店内を歩き、調味料のコーナーの前に来た。棚に並んでいる顆粒(かりゅう)のスープの素とオイスターソースをカゴに入れる。

「これ、置いておくと便利なんだ。チャーハンとかスープ作る時にこれで味を調える。オイスターソースは炒(いた)め物なんかに入れると、なんでも中華風になるぞ。他にも揃えときたいけど、あんた料理しそうにないもんな。ナンプラーなんかあっても使わないだろ」

「……逃げないのか？」

顔を覗くようにして宗司が孝祐を見つめた。孝祐も隣に並ぶ宗司を見上げ、そういえば随分背が高かったのだと、改めて気がついた。溝口も背が高かったが、それよりもデカいよな、なんて全然関係ないことを考えている孝祐を、宗司がじっと見ている。

それからおもむろにナンプラーを手に取り、カゴに入れてくる。

「夕飯作るって言っただろ？　俺、これ食べたいもん」

買い忘れはないかと、食品の並んだ棚を眺めている孝祐の横で、宗司も棚に目を移した。

「買うのか？　それ」

「ああ、これがあると本格的になるんだろう？」

「まあ、そうだけど。でもなくても平気だよ」

「美味くなるんなら使えよ。どうせなら美味いものが食べたい」

「使わなくったって美味いのが作れるんだよ、俺は」

失礼だな、と文句を言う孝祐に宗司が笑って「いいから買え」と言った。

それからはまた、二人してスーパーの中を話しながら歩く。

「外で食べることはあるが、家でエスニック料理が出たことはないな」

楽しみだと言って、宗司が隣を歩いている。

「作りに来てくれる人は和食が多いから。まあ、美味いんだが」

「俺、和食も得意だぜ？　肉じゃがとか」

張り合うようにそう言う孝祐を見下ろし、宗司が笑った。

宗司の部屋に戻り、さっそく買ってきた材料を取り出し、準備にかかった。

野菜を切ったり米を研いだりと、手際よく作業を進めている孝祐を手伝い、宗司も孝祐に命令されるまま野菜を洗ったりしている。ここでも言い合いに近い会話は途切れず、台所は賑（にぎ）やかだ。

「だからな、ただ醤油をかけるだけじゃなくて、こう箸（はし）でプチッと穴を空けて、醤油をぶち込むんだよ」

「汚くなるだろう。俺は嫌だな」

「だーから、それが美味いんだってば」

今は目玉焼きの食べ方についての論争が勃発（ぼっぱつ）していた。

二人とも目玉焼きには醤油という点では一致していたが、孝祐は黄身に醤油を差し込み、混ぜてからご飯に載せる派で、宗司は上にほんの少し垂らす派だった。黄身の黄色と醤油の黒が混ざるのが美しくないと言って引かないのだ。

「汚くなるのは嫌だな。そこまで混ぜなくてもちゃんと美味いんだから」

「それが違うんだってば。目玉焼きに関してはそれが一番なんだよ。ぐじゃぐじゃにしてご飯に載せるだろ？　これがメッチャ美味いんだって」

孝祐の力説に、その映像を想像したらしい宗司が顔を顰めている。強面のしかめっ面は相変わらず迫力があるが、怖さは感じない。むしろユーモラスというか、可愛らしさまで感じるのだから、不思議なものだと思う。

眉を寄せ、口をへの字にした宗司が「真っ黒になったら綺麗じゃないだろうが」と、まだ納得しない声を上げている。

「芸術家はこれだから。それがいいんだって。卵かけご飯だってそうするだろ？　まさか卵かけご飯食ったことないのか？」

「ない」

「……えっ？　マジで？」

驚いて宗司の顔を見返す孝祐に、宗司は憮然としたまま頷いた。

「……俺、卵かけご飯食べたことない人に初めて会った。へえ、そんな人いるんだなあ」

感心して言うと、宗司がムッとしたように「大袈裟な」と言い、それから急に笑う。

「そんなに美味いのか？」

興味津々で聞いてくる顔が面白くて、孝祐も破顔した。

強面で冷徹なようで、だけど意外と親切で、落ち着いた大人のようでいて、案外そうでもない。着物を着こなし、書道の先生をやっていて、だけど卵かけご飯を食ったことがなくて、醤油と黄身が混ざるのが綺麗じゃないと言って、憮然とする。

いろいろとアンバランスで面白い奴だと、料理をしている孝祐の手元を興味深げに眺めている宗司を見て、そう思った。

ガチャガチャと喧嘩をしながら料理が出来上がり、早い夕食になる。

細かく切った野菜とひき肉を調味料と一緒に炒め、飯とそれとの間に千切りにしたレタスを敷いた。上にはトロトロの半熟状態の目玉焼きを載せ、それを混ぜて食べる。残りの野菜を刻み、エスニック風味のスープも添えた。これでビールが飲めれば最高だが、夕食のあとはモデルの仕事があるから、そこは我慢をする。

「ぐじゃぐじゃに混ぜろよ。全部、卵もな」

孝祐の命令に、渋々というように宗司が皿の上のものを混ぜた。スプーンを口に運び、咀嚼(そしゃく)して飲み込むまで見守った。

難しい顔をして口を動かしていた宗司の表情が変わり、こちらを見る。飲み込んだ唇が笑みの形になり、「美味い」と言った。それに安心して、孝祐も食べ始めた。

「工程はそんなに難しくないのに、随分本格的になるんだな」

「調味料さえあれば、こういうのは簡単にできるよ。炒めて混ぜるだけだし。あんただって作れると思う」

「あー、そうだな」

「あ、今の声、自分で作る気ねえだろ」

「そんなことはない」

「いや、絶対やんないと思う」

スーパーからこっち、会話が途切れることがなかった。

「よし、明日は宗司に究極の目玉焼きを食わせてやる」

ずっと「あんた」呼ばわりしていたのを、意図的に名前で呼んでみる。スプーンを持っている手が一瞬止まったように思えたが、宗司は何事もなくそれを口に持っていった。

「ああ、醤油を差し込むやつか」

「マジで美味いんだからな。汚いとか文句言ったのを謝らせてやる」

「俺が？　謝るのか？」

「ああ、見た目が綺麗な料理もそりゃいいけどさ、体裁無視してグッチャグチャでも、最高に美味いもんもいっぱいあるんだよ。食う前から文句言ってないで、まずは食ってみるんだな」

「そうだな。これも美味いよ」

「だろ？」

目の前で豪快に食べている宗司を見ながら、孝祐も満足してスプーンを動かした。


夕食が済み、少し時間を置いたあとアトリエに行った。

宗司が準備をしている間に、孝祐も着ているものを脱いでいく。

昨日、一昨日と同じ、シャツだけを羽織り、他は何も身に着けないでいると、こっちを見た宗司が「今日は全部脱いでもらおうか」と言った。

「そうなの？」

「ああ、柱の前で、……そうだな、まずは座って」

いつものようにデッサンをする机についた宗司に言われるまま、全裸で床に腰を下ろすと、宗司がそのまま描き始めた。縄で縛られることもなく、床に腰を下ろしている孝祐の姿を、筆を使ってスケッチしている。

少しすると、次には立たされ、横を向けと言われた。後ろ姿や腕を上げたポーズなど、いろいろな恰好をさせられ、宗司がそれを写していく。

「今日は縛んねえの？」

「ああ。今日はやめておく。連日の緊縛は負担だからな。あれだけ不自然な体勢を長時間取っているんだ。縄は食い込むから肌がうっ血する。緩く編むことはできないからな」

「俺、平気だぞ？　関節も特に痛くねえし、そんな柔じゃねえよ。それにほら、終わったあと、宗司にマッサージしてもらっただろ。あれでほとんど回復してるから」

孝祐が言うが、宗司は「いいんだ」と言い、縛らないままの孝祐を描いていく。

昨夜孝祐の身体を揉んでくれながら、傷がついたと、幾分残念そうな声を出していた。卵かけご飯と同じ、芸術家は少しの汚れも許せないものなのか。

　こっちは多少の痛みも傷も全然平気なのにと思っていたら、そんな孝祐をスケッチしながら、「今日は俺が、普段のお前を描いてみたいだけだ」と宗司が言った。

　趣味で描く絵は静物画ばかりで、人物は春画でお腹がいっぱいのようなことを言っていた宗司が、そんなことを言う。

　どんな心境の変化なのかは分からないが、本人が望んでそうしているのなら構わないと思った。普段の自分を描きたいだなんて、そんなことを言われれば、なんとなく……嬉しいような気がしないでもない。

　時々ポーズの指定をしながら、宗司が孝祐を描いていく。いつもは縛られているから動きようがないが、自然にしていろとか言われると、かえってどうしたらいいのかが分からない。それに、真剣な目で孝祐を見つめる視線に、身の置きどころがないような気まずさを覚え、それも具合が悪い。

「普通にしていていいぞ。多少は動いて構わないから。……なんで縛られている時より緊張してるんだよ。表情が死んでいるぞ」

「普通にっていうのが分かんねえんだよ。俺、プロじゃねえし」

　バツの悪さを悪態にして言い返す孝祐に、宗司がフッと笑う。呆れているような笑顔は、それでもどことなく楽しそうだ。

「俺の前に描いてた絵ってさ、女？」

「ああ、そうだ」

「男も描くんだ？」

「描くよ。単独なら女性のほうが多いが、春画だからな、絡み絵もある」

「え、ここでセックスさせんの？　それを描くのかよ」

「描くよ」

　事もなげに宗司が言い、こちらに視線を向け、筆を動かす。

「そんで、……そういうのに自分も参加したりするのか？」

「どういう意味だ？」

　縄を扱う仕草も、孝祐をその気にさせようとしたあれこれも、宗司の行為は躊躇（ちゅうちょ）がなく、慣れていた。自分にしたのと同じことを前のモデルにもしたのかと聞きたい。

「俺は描く側だからな。一緒に参加していたら、絵が描けないだろう」

「そうだけど。描いているうちに、その気になったりとか、あるだろ？　抱いたりした？」

　描いている題材が題材なのだ。芸術のことはよく分からないが、描く側にモデルに対する情や、色欲のようなものがあったほうが、より色っぽい絵が描けるのではないかと思う。

　孝祐の質問に、宗司は「まあな」と平然と答えた。

「……ふうん。やっぱりな」

宗司はここに来て春画のモデルになった人を抱いたことがあるのだ。

「何が言いたいんだ？」

宗司に聞かれるが、自分でも何が聞きたいのか、どうしてそんなことに拘るのか分からない。

「俺もよく分かんねえ。そういうこともあるんだろうなって思っただけだ。いろんな人を描いたんだなって思って」

初日と違って、孝祐が話しかけても宗司は叱ることもなく、孝祐の問いに簡単に答える。

「ああ。絡み絵や裸婦、美少年の緊縛とか、依頼があればそれに沿った構図で描く」

「金になるからな」

絡み絵などは、庸一が溝口経由で話をもらってきて、高額で取引されているらしい。溝口は仲介役としてマージンを取っていて、庸一とは頻繁に連絡を取り合っているのだと言った。

「単独の女性画は、海外で買ってくれるほうが多いな。浮世絵に似せた色付けをすると喜ばれる。資産価値なんかないのにな」

「分かんねえじゃん。あとで凄い値がついたりするかもだろ」

「ないね」

切って捨てるように宗司が言い、「今度は横を向け」と言われた。

片膝を立てた状態で床に座り、窓のほうを向く。

「横顔がなかなかいいな。綺麗な線だ」

「……そうか？」

「ニヤつくな。そのまま。……細いわりには筋肉がついている。何か運動をしているのか？」

「ん？　特にしてない。仕事で動き回るからな。ビールケース運んだりもするし。自然についたんだろ」

　きつい仕事は苦にならないし、動くのは好きだ。働いた分金になると思えば、一生懸命にもなる。

　母親は孝祐から搾取することはなかったが、何しろ気まぐれで、ポンと大金をくれることもあれば、勝手にしろと無視され、挙句に何日も家を空けることもあった。先の生活の不安がいつもつきまとっていたから、貧乏でも確実に金の入る今の生活は、精神的に楽だった。

「居酒屋で働いているんだったな」

「うん。でもクビになってるだろうな。一週間も無断欠勤してるから」

「じゃあ、この先はどうするんだ？」

「んー、分かんねえ。あんまり考えてないや。職は探すよ。やっぱり飲食系かな。資格も特技もないし」

寝る場所と食べていける金があり、毎日を平穏に過ごせればそれでいい。何がやりたいとか、何かになりたいとか考えたことはない。

「高校も途中で辞めちまったからな。あんまり選ぶ余地がないんだ」

「落ち着いたらまた入り直せばいい」

「あはは……無理っす」

「どうしてだ？」

親の気分で何もかもが左右されてしまう生活からまずは抜け出したくて辞めた学校だった。働きながら学校に通う方法もあったが、あの頃はただ逃げ出すことしか考えていなかった。

「まだ二十歳そこそこだろう。そんな人はたくさんいるぞ」

それを、やり直せばいいと宗司が事もなげに言う。

「えー、だって俺、頭悪いもん」

「高校でなくても専門学校に行くとか、いくらでも道はあるだろう。孝祐は働く意欲があるんだから、将来やりたいことが見つかるかもしれないじゃないか。そのためには選択肢を広げておいたほうがいいぞ。あとで後悔しないように」

親父臭い説教に苦笑すると、「なんで笑う」と睨まれた。

「自分を棚に上げて説教してる。自分だってやり直せるだろ」

「俺は孝祐とは違うから」

「違わねえよ。だって、たかだか三十過ぎだろ？　自分こそ選択肢狭めてるじゃねえか。つうか、やりたいことがすでに見つかってんのにさ」

広大な屋敷を維持するためにいろいろと犠牲を払っているのは、ここ数日の宗司の様子や、庸一の話、二人のやり取りを聞いて理解した。だけどそこに希望はあるのかと、宗司を見ていて思うのだ。

自分は父親に飼われているようなものだと、宗司は言った。庸一に働く意思はなく、血の繋がらない息子にすべてを押しつけ、飄々と広い屋敷に住み、遊んで暮らしている。

宗司は庸一のそんな生活のために自分を犠牲にし、描きたいものも描かず、金のために働き、死んだように生きている。

美しいものが好きで、好奇心旺盛で、強面で仏頂面だが笑うとちょっと可愛くなる男が、自分のすべてを犠牲にしてまで、この家を守る義務などあるのだろうか。

「やめちゃえよ、春画描きなんか。好きな絵を描けばいいじゃん」

宗司の部屋にあったスケッチは、線の一本一本が丁寧に塗られていて、どれもとても美しかった。

生活のため、家の維持のためと、不本意な仕事に就くのはある程度は仕方ないと思う。

だけど家族の片方はなんの苦労をもせず、もう片方ばかりが犠牲になっているのはおかしいじゃないか。嫌なことを嫌だと拒否する権利は、誰だってあるのにと思う。

「俺は考えなしに逃げ出したくちだけど、宗司は考えすぎか？　っていうより、考えるのも途中でやめたんだろう。頭良さそうなのにな。俺とは別の意味での馬鹿だ」

「……言うことに遠慮がないんだな」

孝祐の言葉に、宗司が苦笑いをしている。

「まあ、ここはけた外れにでっかいお屋敷だからな。そう単純な話じゃ済まないか。お母さんも入院してるんだもんな。……でもさあ、何もかもあの親父さんの言いなりになることはねえんじゃね？」

宗司は何も言わずに黙々と筆を動かしている。人の家の事情にズケズケと入り込みすぎたかと、剣呑な目つきでスケッチをしている宗司の顔を窺った。

「……ごめん。ちょっと首突っ込みすぎた？　それぞれ事情はあるもんな……」

言いすぎたことを反省している孝祐の前で、宗司がボソッと「馬鹿と言われた」と呟いた。どうやら不機嫌の理由は、孝祐の「馬鹿」の一言だったらしい。

「馬鹿だと思っていた相手に馬鹿と言われるのは殊の外こたえるな」

「……は？　ってことは何か？　俺が馬鹿だってか？」

「少なくとも利口じゃあないだろうが。考えなしに地元を飛び出して、だいたい、ここにいる経緯も、馬鹿みたいな理由だったよな」

　きつい目で本当のことを言われ、グッとなっている孝祐を見て、宗司がにや、とする。馬鹿と言われたことに対し仕返しをして、孝祐の反応に満足したらしい。

「今日だって、逃げていいって言ったのに、結局逃げないし」

　そこまで言って、宗司が笑った。くすくすと息を吐き、筆を持ちながら身体を揺らしている。

「そんな奴に馬鹿って言われたかと思うとな」

　あはは、と声を出して宗司が笑い出す。

「だってそう思ったんだもんよ。俺も馬鹿かもしんねえけど、つか、馬鹿なんだろうけどな、宗司も馬鹿だろ」

　また馬鹿と言われた宗司が睨んできた。相変わらず眼光は鋭いが、口が笑っているから全然怖くない。

　宗司があんまり楽しそうに笑うから、つられて孝祐まで可笑しくなってきた。一緒になって笑っている孝祐を見て、宗司が再び筆を走らせ始める。

　孝祐のほうもさっきまでの緊張はすっかり解け、じっと見つめられても身体が硬くならなかった。

　ゆったりと床に座り、窓を向く顔が自然と笑顔になる。宗司との他愛ない会話は楽しくて、……それに、孝祐は気づいていた。

いつのタイミングからか、宗司が孝祐のことを名前で呼んでいるのだ。あまりに自然すぎて気づかず、普通に返事をしていた。そして気がついてからは、こちらの頬が緩みっぱなしだ。

取りとめのない会話を交わしながら、時々笑ったり話したりする孝祐を、宗司がスケッチしている。

どれくらいの時間が経ったのか、宗司が「今日はここまでにしよう」と筆を置いた。

いつもよりも長い時間モデルをやっていたが、疲れは全然感じなかった。むしろもっと描いていてくれてもよかったのにと思う。

「お疲れ」と宗司が言って、画材を片付けている側で、孝祐ものろのろと衣服を身に着けた。なんだか名残惜しく、もっと宗司と話していたいような気がした。

「着替えが済んだら離れに来るだろ？」

片付けが終わり、一階へ下りていこうとしながら宗司が言った。

「え……？」

呆けたような声で聞き返す孝祐を振り返り、宗司が「ビール」と言う。

「仕事が終わったら飲ませてやるって言っただろう？」

そう言い残したまま、宗司が階段を下りていった。姿が消え、下から「全部お前のビールじゃないからな」という声がした。

桐谷の屋敷に来てから五日目の朝。孝祐は宗司のいる離れで朝飯の支度をしていた。支度といっても特別手の込んだことをするわけでもなく、米を炊き、味噌汁と昨日の野菜の残りで浅漬けを作り、あとは目玉焼きという、ごく定番の朝食だった。

絶妙な焼き加減の半熟目玉焼きをテーブルに置き、宗司に食べ方の指導をする。

「いいか。絶対美味いんだから。俺を信じろ」

気合の入っている孝祐に、宗司も楽しそうに笑い、素直に従った。

盛り上がった黄身の真ん中に箸でぶっすりと穴を空け、グリグリと広げた中に、醤油をたっぷりと抽入する。白身が割れないようにさらに中で掻き回し、黄身と醤油とを混ぜ合わせた。

「醤油入れすぎじゃないか?」

「いいんだよ。これぐらいで。んで、これを白身ごと飯の上に載せる。食ってみろ」

言われた通りに白米の上に醤油混ぜの目玉焼きを載せた宗司が、それをじっくり眺めたあと、口に入れた。

「……美味い。醤油が多すぎかと思ったが」

恐る恐る咀嚼した宗司が、視線を上げて孝祐を見る。見開いた目が驚きを表していた。思った通りの反応に、孝祐は得意満面で頷いた。

「だろ？　だろ？　あのな、白身は醤油だけ直にかけてもさ、そのまま弾いちゃうんだよ。んで、黄身と混ぜたのだと、なんでだか吸収するんだよな」

「ああ、本当だな。不思議だ。……へえ」

普段はコーヒーだけで済ませることが多く、母屋で食べることはあっても、卵かけご飯も、目玉焼きをご飯の上に載せてかき混ぜるなんていう食べ方も一切したことのない宗司が、孝祐の作ったシンプルな朝食を、気持ちよく平らげていく。

「今日も絵を描くのは夕方からか？」

「ああ、午後は書道の生徒さんが来るから。その前に雑用を片付けておかないと」

書道教室の教材の準備や免状、経理などの諸々と、その他にも事務的な仕事をしなければならない日らしい。相変わらず宗司の日常は、この家の雑務に追われている。

「そうなんだ。じゃあ、昼飯は一緒に食うか？」

「……今日は通いの人が来ることになっている。父もいるから」

「そうか。じゃあ、勝手に作って食べるわ」

「ああ、適当にしてくれ。何を作るんだ？」

「なんにしようかなあ。材料はまだだいぶあるし」

申し訳なさそうな顔をしながらも、孝祐の作る料理に興味を示し、残念がっているようなのが可笑しい。

朝食を済ませ、宗司は母屋へ仕事をしに行った。後片付けを済ませた孝祐も、自分にあてがわれた蔵へ戻った。昼は何を作ろうかと考えるが、今は腹がいっぱいなので何も思いつかない。

孝祐の作った目玉焼きを美味そうに食っていた顔を思い出し、一人でニヤける。昨日も久しぶりに飲んだビールが美味かった。今日もモデルの仕事が終わったら、また二人で飲めるだろうか。

オークションで買われ、連れてこられた身であるのに、囚われているという感覚は薄い。こうして日中は勝手をしているし、モデルの仕事も宗司が相手ならばそんなに酷いこともされない。終われば身体を気遣ってくれるし、昨日なんかはむしろ楽しかった。

庸一は相変わらずふらふらとしていて、昨日も帰ってきたのは遅い時間だったようだ。今日は教室があるから、いつかのように和装で生徒を出迎えるだけして、あとはまた適当に過ごすのだろう。

仕事もせずに毎日遊んで歩いて、何が面白いんだろうと思う。母親が入院しているというのに、見舞いなんか行っているんだろうか。いろいろと問題を抱えた家庭だ。

「まあ、あの親父さんだもんなあ……」

　一昨日の夜のことを思い出した。柔和で上品な顔をしながら、孝祐に対する仕打ちは容赦のないものだった。他人の苦痛など何も感じないようにして、孝祐の身体を弄(もてあそ)び、自分は興奮もせずに、淡々と相手を苛(さいな)む行為を繰り返す。

　金持ちの考えることは分からないと思ったものだが、宗司の話では、資産はそう潤沢なわけでもないらしい。むしろ庸一の放蕩(ほうとう)のせいで、火の車なんじゃないかと心配になる。

「自由になればいいのに」

　孝祐なんかよりも、よほど籠(かご)の鳥のような生活をしている宗司だ。それなのに逃げたいなら逃げてもいいと、孝祐には言うのだ。

　昨日だってやりたいことを見つけたらいいと、孝祐を励ますようなことを言っていた。

「人のことを心配してる場合かっつーの」

　蔵の一階の布団の上に寝そべり、独り言を呟いていると、外で人の気配がした。身体を起こし、また暇を持て余した庸一でも来たのかと、開いたままの扉に視線を向ける。

「よう。元気にやってるか？」

　顔を覗(のぞ)かせたのは溝口だった。

「げ……っ」

　驚いて思わず声を上げた孝祐に、溝口は例の下卑た笑いを作り、「なんだよその声は」と言いながら、蔵の中へと入ってきた。

「何しに来たんだよ」

邪険な声を出す孝祐に構わず、溝口がニヤニヤしたまま蔵を見回す。

「いつ来ても辛気臭いところだな」

「来たことあんのかよ」

「そりゃあお得意様だからな。お宅訪問は欠かさねえよ？」

なんのお得意様なんだか。相変わらず言うことがいい加減で腹の底が見えない奴だ。

「そんでどうよ、絵の調子は。エロいの描いてもらってっか？」

「さあ」

こんな男を相手に真面目に答える気もなく、こっちも適当な返事をする。

「モデルのほうは夕方からだからって言ってたから、ここにはそれまで誰も来ねえよ。宗司は母屋で仕事してるし」

さっさとどっかに行ってくれと邪険な声を出すが、溝口はまったくへこたれることなく、ニヤニヤしたまま孝祐を眺めていた。

「あん時と顔つきが随分違うな。柔らかくなったっつうか、ちょっと色っぽくなったか？」

「なってねえよ」

「あの坊ちゃんに可愛がってもらってるのか」

「は？」

　相変わらずゲスなことしか口にしない溝口を睨みつける。

「エロいのをとにかく描いてもらえよ。あいつの描くのはまあ、綺麗なんだが、なんていうか、エロさが足りねえんだよなあ。もうちょっと気合入れて描けって言っとけ。商売っ気なくて困るんだよ、あの坊ちゃんは」

「嫌々描いてんだから、気合なんか入んねえんだろ」

　孝祐の声に、溝口が珍しく驚いたような顔をして、目を見開いた。

「嫌々描いてるって言ったのか、あいつが？　自分のことをベラベラしゃべる奴じゃないんだが」

「分かったふうに言うな。つか、見りゃ分かんじゃん。普通の描いてる時は滅茶苦茶楽しそうだし」

「普通の絵？　そんなん描くのか」

「そりゃ描くだろ。花とか風景のやつ、凄え綺麗だぞ」

　ふうん、溝口が首を傾げる。商売にならないものにはまったく興味がないようだ。

「どうせあんたと宗司の親父さんとで、無理やり脅して描かせてんだろ？　宗司もこんな奴の言うことなんか撥ねつければいいのにな」

「はは、ご挨拶だな」

「そうはいかねえの。つうか、なんだ？　お前、随分打ち解けてんじゃねえか、あいつと」

「あんた宗司に嫌われてるもんな。じゃあ来なきゃいいじゃん」

「俺が行っても口利いてくんねえもん、あの坊ちゃん」

「商品って言うな。だったらあっちに行って聞けばいいだろ」

「陣中見舞いだ。ちゃんと商品を使ってくれてんのか、一応見に来ないとな」

「そんで、何しに来たんだよ」

　土間から板敷きになる境の段に腰を下ろし、溝口が孝祐の顔を覗いてくる。

「宗司、宗司って、あいつの前でも名前で呼んでんのか？」

「悪いかよ」

「……へえ。あの偏屈坊ちゃんとねえ」

「偏屈じゃねえよ。別に普通だよ、宗司は。よくしゃべるし」

「あんな野郎と何しゃべることがあるんだ？　不思議だねえ。俺なんか話しかけても無視されるわ、目も合わせやがらねえ。こっちは気を遣って、いろいろと便宜を図ってやってんのによ」

「だからあんたが蛇のように嫌われてるだけだろ。それに、坊ちゃんとか言うけどな、この屋敷のこと全部取り仕切ってるの、宗司だろ。あの親父さん、全然あてになんないから。

宗司がちゃんとしてなきゃ、こんなどでかい屋敷、維持できてないだろうが。あんまり馬鹿にしないほうがいいぞ」

宗司のことをさっきから坊ちゃん呼ばわりするのにムカついて言い返す孝祐を、溝口が面白そうに眺めている。

「……驚いたわ。マジであいつと仲良くなってるんだ。どうやって取り入ったんだ？」

「そんなんじゃねえって」

「あいつが家の実情を話すなんて普通あり得ねえだろ。いろいろ聞いたのか？」

探るように目を覗かれて、「……いや、そんなに詳しくは」と曖昧に答える。

「春画描きたくねえとか、家計がひっ迫してるとかは聞いたんだろ？　あいつの親のことは？」

「……ああ、まあちょっとだけ」

「ちょっとってのは？」

「だからちょっとだよ！　うるせえな！」

溝口が桐谷の家の事情について、どこまで知っているのか孝祐は分からない。もしかしたら孝祐を誘導尋問し、情報を得ようとしているのかもしれない。

警戒して口を閉ざす孝祐をしばらく見つめていた溝口は、「……まあ、いいや」と話題を打ち切り、その代わりのようにして「しかし驚いたな。あのむっつりがねえ」と、今度はからかうような声を上げた。

「俺にもコツを教えてくれよ。あいつを手懐けたいんだよな、俺」

「無理だろ」

切って捨てるような孝祐の返事に、溝口は笑って「そんなにつれなくすんなよ」と、板の間に上がってきた。

「……こっち来んな」

「夕方まで暇なんだろ？　遊んでやるよ」

じりじりとこちらに向かってくる溝口を睨みつけるが、まるで意に介さずにさらに近づいてきた。

「アトリエでどんなことをされてるんだ？　教えてくれよ」

「おい。来んなって！」

「まあまあ、邪険にすんなって。言っただろ？　俺、お前のことをマジで気に入ってんだよ。オークションに出さなきゃ、今頃俺がたっぷり可愛がってやってたのにな」

ニヤついた顔で溝口が近づいてくる。狭い蔵は逃げ場がなく、扉に向かって走る前に捕まってしまうだろう。こいつの怪力は身をもって知っている。腕の一本でも取られてしまったら、すぐに組み敷かれてしまう。

「……おい、人の屋敷で何をしている」

ドスの利いた声が聞こえ、溝口の後ろに目をやると、凶悪な顔をした宗司が入り口に立っていた。

「ああ。こりゃあどうも。お邪魔していますよ」

猫なで声を出し、溝口が宗司に挨拶をした。

「そこから下りろ」

地を這うような低い声は、腹に響くような唸り声になっている。

素直に土間に下りた溝口だが、宗司の怒気など気にもしない様子で笑っている。

「そんなに怒るなよ。ちょっとからかっただけだろ？　こいつとだいぶ仲良くやってるみたいだな。いいことだ」

営業トークをやめた溝口が、急に馴れ馴れしい口を利き、宗司の眉がきつく寄った。

「……出ていけ」

「だーからそんなおっかねえ顔すんなって。俺とお前の仲じゃないか。なあ、兄弟」

宗司の怒りがぶわりと膨張した。本気で怒った人間を、孝祐は生まれて初めて見たような気がした。それくらいに凄まじい宗司の怒気だ。

「何？　こいつにちょっかいかけたのがそんなに気に入らねえってか。マジで珍しいことになったもんだ」

宗司にこれほどの怒りをぶつけられても、溝口は気圧されない。この男も大概凄い奴だ。

仁王立ちしたままの宗司に溝口が肩を竦め、「分かったから」と言って、ようやく出口に向かった。

「絵のほうは進んでんのか？　気が乗ろうと乗るまいと、仕事はきっちりやってもらわないと。それともこいつに情が移って描けなくなっちまったか？　困るぞ、おい」

オークション会場で見た時と同じ硬い表情のまま、宗司は何も言わない。

「まあな、お前のことだから、結局はやるんだろうけどよ。なんにも考えねえで親父さんの言うことを聞いてるのが楽なんだって、……教え込まれてんだもんな」

凍りついたように立っている宗司の脇を抜け、すれ違いざまに溝口が肩を叩いていく。

「触るな」

頑なな宗司の態度に、溝口は相変わらずへらへらと笑い「そう言うなって」と、嫌がっているのを承知で、宗司の耳元に顔を寄せている。

「そんでもまあ、どうにもならなくなったら、協力してやるぜ？」

肩に手を置いた溝口が宗司に笑いかけるが、宗司は硬い表情をしたままだ。

「本当に頑なだねえ。マジで心配してんのによ。兄貴として。なあ宗司よ」

その瞬間、宗司が拳を握った。殴りかかりそうな勢いの宗司に、溝口は「おっと、危ねえ」と、やはり笑いながら飛び退る。

「だーから怒るなって。仕方ねえじゃんよ、本当のことなんだから。お前は俺の弟だろ？

血は半分しか繋がってねえけどな」

「帰れ」

「分かってるって。挨拶してからな。お前の育ての親に。弟をよろしく頼みますってよ。じゃあな、絵、頑張れよ」

溝口はそう言って、両手をスーツのポケットに突っ込んだまま、蔵から出ていった。去っていく溝口の後ろ姿を、孝祐は啞然として見送った。宗司は石のように固まったまま蔵の入り口に突っ立っている。外からの光で、こちらに向けている宗司の顔色までは分からなかったが、険悪な表情をしているのは見て取れた。

「……大丈夫か？」

孝祐の声に、宗司がゆっくりと視線を移してくる。感情を削ぎ取ったような無表情だ。

「お前こそ大丈夫だったか？」

「ああ。俺は平気。ドカドカ上がってきたと思ったら、すぐ宗司が来たから」

そうか、と音にならない声を出し、宗司が息を吐いた。

「まったくな、迷惑な野郎だ。陣中見舞いとか言ってたけど、何しに来たんだろ」

沈黙が気まずくて言葉を発してみるが、声だけが上っ面を滑っていく。溝口が残していった言葉に、孝祐は混乱していた。

「兄弟って……」

溝口流の冗談で言ったのだと思っていたのが、そうじゃなかった。弟だと、血が半分繋がっていると、あいつは去り際に確かに言った。

宗司が庸一の息子ではないということは前に聞いた。父親が誰か知っているのかと孝祐が聞いた時、話は途切れ、曖昧に終わった記憶がある。

仲の悪い、ただ気に食わないだけの相手なのかと思っていたのだが、宗司の溝口に対する憎悪に近いような感情は、そんな単純なものではなかったのだ。

ここを去っていった溝口は、庸一に挨拶をしてから帰ると言っていた。育ての親に弟のことをよろしく頼むと言うのだと。

どういうことなんだろう。

庸一は宗司の実の父親が誰なのかを知っている。それは溝口も宗司も周知の事実で、全員がそれを知りながら、こうして繋がりを持っているのか。

そして、庸一と溝口はむしろその繋がりを利用し、宗司をがんじがらめにし、思うように動かしているのだと、苦渋に満ちた顔をしている宗司を眺め、孝祐は今理解した。

背筋をゾッと冷たいものが走る。

こんな異常な関係の中で、宗司はずっと過ごしてきたのか。

無言で靴を脱いだ宗司が、そのままアトリエへと上がっていった。孝祐もあとを追いかけそうになり、途中で止める。黙って階段を上がっていく背中が、すべてを拒絶しているように思えたからだ。

アトリエに消えた宗司は、それから長い時間上にいたままだった。下から気配を窺うが、物音一つ聞こえてこない。

何をしているのか、何を考えているのかと、自分も息を潜めながら、孝祐は長い間天井を見上げていた。


その日の夜、孝祐はいつものようにアトリエにいた。宗司ももちろん一緒にいて、これもいつものように黙々と絵の準備をしている。

溝口が帰ったあとしばらくアトリエに籠っていた宗司は、やがて下りてきて母屋へと戻っていった。それからは蔵へ顔を出すこともなく、離れでも顔を合わさなかった。そのうち書道教室の生徒がやってきて、そのまま教えていたらしい。庸一もどこにいるのか、姿を現さなかった。

「服はどうしたらいいんだ？　上だけ羽織っとけばいいのか？　それとも全部？」

孝祐の質問に、宗司は一旦こちらを見て、少し考えるような素振りをしたあと、「昨日と同じで」と言った。

孝祐は「分かった」と言って、身に着けているものを全部脱いだ。そのまま宗司の作業が終わるのを待つ。絵を描く準備が終わったら、縄を出してくるんだろうと思った。

そう思って待っていたのだが、宗司はテーブルにつき、いきなり描き始めるから吃驚した。

「え？　縛んねえの？」

昨夜と同じようにして、普通のデッサン画を描き始めたらしい宗司に声をかけるが、宗司は黙ったまま筆を動かしている。しばらくすると「座れ」と言われ、素直に従うが、宗司はやはりそのまま描き始め、孝祐を縛ろうとはしない。

「どうした？　なあ、春画描かねえの？」

「ああ、気が乗らない」

素っ気ない返事がきて困惑する。

「でも、大丈夫なのか？　ほら、あの……」

昼間、溝口がきっちりやれと言っていたことを口にしようとして、躊躇した。あの男の話題を出すと、宗司が不快になると思ったからだ。

だけど大丈夫なのだろうかと心配になる。孝祐がここへやってきてから五日が経ち、そのうちの二日間しか例のモデルをしていない。庸一に無理やり構図を変えさせられていたから、実際は一日だ。それも下絵で、絵は何も出来上がっていないのに。

孝祐は一週間の約束でここに連れてこられている。今日を除けば残りはあと二日しかなく、それで絵を仕上げることなんてできるのだろうか。

　孝祐の心配を他所に、宗司は黙々と孝祐をスケッチしている。

「なあ、宗司。あっちのほうの絵、描かなくていいのか？　納期があるんだろう？　下絵とか、できてんのか？」

　やきもきしている孝祐に、どういうわけか宗司が笑う。

「おい、笑ってる場合かよ」

「嫌ならやめればいいって言ったのは孝祐だろう」

「え、俺のせい？　マジでか！」

　驚いて声を上げる孝祐に、宗司が尚も笑いながら「動くな」と言った。

「え……、でも、それまずいんじゃねえ？」

　確かに嫌ならやめろ、言いなりになることはないと、けしかけるようなことを言ったが、だからといって宗司が「じゃあ、やめる」と簡単に言うとは思わなかったのだ。

「あの、ごめん。俺が無責任なこと言ったから」

　あの時は思ったことを口にしたが、本当にそれが現実になればどうなるかまでは考えていなかった。春画の依頼があって、間には溝口や庸一が絡んでいる。それのすべてを急にやめてしまったら、面倒なことになるのではないか。庸一は慌てるだろうし、溝口だって黙ってはいないだろう。

「お前が謝ることはない。むしろ感謝している」

「え……？」

自分の発言でこうなってしまったことに狼狽えている孝祐に、宗司が言った。表情は変わらず、穏やかな笑みを浮かべたまま、筆を動かしている。

「本当にやりたくなかったんだ。大学を卒業して雲隠れする予定だったのが、いろいろあって阻止されて、……ズルズルとここまできてしまった」

高校卒業、大学卒業と、節目が来るたびに脱出しようとし、そのたびに庸一に妨害されていたという。

桐谷の家のことや、母親のこと、他人の血を引く子どもを育てているということを盾にして、庸一は宗司をこの家に繋ぎ止めようとした。

「子どもの頃は感謝したよ。『お前に罪はない。悪くない』と繰り返し言われるとな、……逆に本当は自分が悪いんじゃないかと思うようになるんだ。とにかく言われ続けたよ。そうしておいて、少しでも反抗的な態度をとると、『やっぱりなのか』という顔をする。あの人はそういうことがとても巧かった」

ゆっくりと柔らかく、……ジワジワと追い詰め、囲っていく。自分の手を汚さずに、苦労も努力もせずに、相手を思い通りに動かすことが、とても上手な人なのだと。

「両親の結婚も政略的なもので、初めからあの夫婦の間には、……少なくとも父のほうには、愛情なんかなかった。たぶん母も、あの人に操縦されてきたんだと思う。全部……あの人がお膳立てした」

庸一の望むまま書道の道を受け継ぎながら、絵の道も諦めきれずにいた宗司に、彼が引き合わせてきたのが溝口だった。とんでもない巡りあわせに驚愕したが、同時に腑に落ちたのだと言って、宗司が薄暗く笑った。

「母を不倫に走らせたのも、その相手を選んだのもたぶん、父だ。顔だけは無駄に広いからな。あの人が手引きしたんだろう」

代々の家を引き継ぎ、不倫に走った妻を許し、その子どもを引き取り、立派に跡取りに育てている。心の広い、奇特な人。世間での庸一はそう評価されているのだ。そういう環境で周囲を固めて覆い尽くす。守られているようで、その実宗司の周りには、味方は誰もいない状態を創り上げられていたのだ。

自分の境遇を、これまでのことを、宗司が静かに語っていく。口元にはやはり笑みが浮かんでいて、時々孝祐のほうに視線を向けては絵筆を動かしている。

「どうすればいいかと悩んだ時期もあった。あの人が全部仕組んだことだと分かっても、現実は何も変わらないからな。そして、父が望んでいたことはまさにそれだった。俺も、母も、世間の評価も変えず、今の生活も変えずに、ずっとこのままでいることが」

何も失わないまま、自分は努力もせずに現状を維持する。それが庸一の唯一の目的で、きっと生きがいなのだろうと宗司が言った。反抗も逃亡も許さず、懐柔という名の脅しで宗司を縛りつける。

「そのうち悩むのをやめた。逃げることができないなら、苦しむほうが損だ。ただ一つ、……溝口とだけは、どんなに言われても親しくなれなかったけどな」

兄だといっては馴れ馴れしく近づいてきて、宗司の神経を逆なでする言動を取る。自分が嫌えば嫌うほど、面白がるようにして関係を作ろうとしてくるのだと。

「もうあいつからの仕事は受けたくないんだ。春画も描きたくない。この家にいたくない」

「家を……出るのか？」

孝祐の問いに、宗司はゆっくりと視線を上げ、それから頷いた。

「もう一度、抗ってみようと思う」

「そんで、どうすんの？」

孝祐の言葉がきっかけで、宗司はこの家を出る決心がついたという。生まれた時からずっと搾取され続けた生活を終わりにしようとしているのだ。だけど長年の生活をすべて捨てて逃亡するのは、かなりの覚悟がいることだ。それなりの準備も必要だし、無計画にやらかして、連れ戻されたら元も子もない。

「それはこれから考えるさ。いきなり全部捨てて姿をくらますなんてことはできないからのだ。

周到に準備を進め、宗司はいずれこの家を出ていく。そのための準備がこれから始まるのだ。

単細胞な孝祐とは違うのだ。無鉄砲な行動には出ないらしいと聞いて、ホッとした。

「そうか。そうだよな」

な。この家の今後のこともあるし、母もいる」

「慎重にことを運ばないとな」

宗司の計画を知ったら、庸一はどんな手を使っても阻止してくるだろう。そのためには水面下で準備するしかないと言い、宗司が難しい顔を作る。

「でもそれなら、春画ぐらいは仕上げとけよ。いきなり描かない、嫌だなんて言ったら、問題になるだろう。目立つような反抗はしないほうがいいぞ」

「それはそうかもしれないが。だけどもう描きたくないんだ」

筆を置いた宗司が、孝祐のほうを真っ直ぐに見つめた。

「少なくとも、お前をモデルにした春画は描きたくない」

「あ……、そうなの？」

「ああ。描きたくない」

キッパリと言われてしまい、孝祐は膝を抱えたまま俯いてしまった。

「俺、モデルとしてダメダメな感じ……？」

「なんでだ？」

孝祐の問いに宗司が眉を上げ、逆に聞いてきた。

「だって、俺のことを描きたくないんだろ？　金払って連れてきたわりには、こう、なんていうの？　魅力ない、みたいな。モチベ上がんないっていうか、俺だと創作意欲が湧かないのかなって。……なに笑ってんだよ」

言葉を選びながら、いろいろと並べ立てている孝祐の前で、宗司が俯いたまま震えていた。声は聞こえないが、身体が小刻みに揺れているから笑っているのが分かる。

「おい、人が傷ついてんのに笑ってんじゃねえぞ」

お前を描きたくないなんて言われて、落ち込んでいる目の前で、言った本人が笑っている。尖った声で抗議をするが、宗司の笑いが止まらない。本当によく笑う奴だ。

「あんた本当はすんげえ笑い上戸なんだな。ちぇ、笑ってろ、ばーか」

「なんで傷つく？」

「そりゃあ……、だって、俺のこと描きたくないんだろ？　そんなことを言われたら傷つくよ、俺だって！」

切れ気味で叫ぶと、宗司が今度は噴き出した。

人をキレさせておいて爆笑している。本当なんなんだこいつはと、憮然としている孝祐に、宗司は笑いを引きずりながら「違う」と言った。

「何が違うんだよ」

「お前を描きたくないなんて言ってないだろう」

「言ったじゃん！　今言った！」

相変わらず全開に近い笑顔のまま、宗司が首を横に振っている。

「そうじゃない。お前の身体をおもちゃにして、……他人の性欲の捌け口にするような題材はご免だと言ったんだ」

え、と宗司のほうを見ると、宗司は笑顔のまま「お前のことは描きたいよ」と言った。

「描きたくないなんて言ってないから。現に今お前を描いているんだろうが」

キョトンとしている孝祐を、宗司が笑いながら睨んでいる。

「え、あのさ、それってどういう……？」

宗司の言葉の真意を測りかねていると、宗司は「ほら、休憩は終わりだ」と言って、もう一度筆を取った。

「今度は立ってもらおうか。自然でいい。ポーズはとらなくていいから」

何事もなかったようにしてスケッチが再開される。

「顔はこっちに。身体は少し窓のほうを向くようにして」

言われるまま身体の向きを変え、その場に佇む。

「人を描くのは苦手だった」

筆を動かしながら、宗司が再び話し始めた。

「うん。言ってたな。人は春画で嫌っていうほど描かされているからって」

「そう。春画を始める前も、描くのは静物画ばかりだったよ。綺麗な物を描きたかった。人を……綺麗だとは思ったことがなかったから」

「そうなんだ」

「お前の身体は綺麗だと思うよ」

窓のほうに横向けている孝祐に向かい、宗司の静かな声が聞こえた。

「その首筋から肩にかけてのラインもスッキリしていて、無駄がない。好きだな」

明け透けな言葉に気恥ずかしくなり、「ふうん……」と気のない返事をする。

「筋肉もしなやかで綺麗だと思うよ。真面目に働いている身体だ」

宗司の孝祐に対する賞賛の言葉に、耳元から頬にかけて熱が上がってくる。

「背中の擦り傷はもう消えたようだな」

「うん。もうなんともない」

縄で縛り上げられた時、孝祐の身体をマッサージしてくれながら、宗司はしきりに傷がついてしまったと残念がっていた。あの時も宗司は孝祐のことを綺麗だと思ってくれていたのだろうか。

綺麗だなんていう言葉は、よく言われることで、慣れている。だけど同じ言葉を宗司の口から聞くと、なぜか嬉しく、顔が熱くなってくる。

人を描くのは苦手だと言っていた宗司が、孝祐のことは描きたいと言う。それがどういう意味なのかと考えると、自然と頬が緩んでくるのだ。

「孝祐を縛った姿をいつかまた描きたい」

「なんだよ。さっき嫌だって言ってたくせに」

さっきとは矛盾したことを言い始めた宗司に、笑いながら言い返す。

「商売のための春画は描きたくないが、お前のその身体に、あの紅い縄を這わせたい。あの色はお前に似合っていて、美しかった」

宗司の言葉に、ああ、そうだったなと、あの時の宗司の表情を思い出した。紅い縄を身体に巻き、そんな孝祐を眺め、目を細めながら「似合う」と笑っていた。

「いいよ。縛っても」

宗司が描きたいというなら、構わないと思った。この男がそう望むなら、どんな淫らな姿を晒しても構わない。

あの紅いロープで縛り上げられ、宗司に見つめられている光景を想像する。熱い視線で撫で回され、恍惚の表情を浮かべている自分の姿が浮かぶ。

「……あ」

ほんの一瞬想像しただけで、孝祐の身体が反応していく。たった数日間、それもほんの数回の出来事なのに、身体ははっきりとあの感触を覚えていて、あの時の官能を内側から呼び覚ますのだ。

全裸のまま宗司の前に立つことなど、もう慣れてしまったはずなのに、自分に注がれている視線を今改めて感じ、俄かに落ち着かなくなってくる。

はしたなく変化を始める下半身を隠そうとして身体を捻ると、「どうした？」と聞かれてしまい、慌てて「なんでもない」と首を振った。

何も纏っていない無防備な姿は、後ろを向くことでしか隠すことができない。不自然に背中を向ける孝祐に、宗司がそれを悟ってしまうと思うと、恥ずかしかった。

カタ、と筆を置く音がする。宗司が立ち上がる気配がした。

完全に後ろを向いている孝祐に向かって宗司が歩いてくる。

「え……と、ちょっと待って」

高ぶりを鎮めたくてもどうにもできず、狼狽えている孝祐の背中に宗司の掌が触れた。

ビクリと身体を震わせる身体を、宗司の手が宥めるようにゆっくりと撫でてくる。

「傷はなくなったな。赤みも消えている」

擦れていた縄の痕を確認するように宗司の掌が滑り、肩の上で止まった。孝祐の両肩を、宗司の手が包むように抱いている。

「興奮しちまったのか……？」

　耳元に顔を寄せた宗司が囁き、その声にも反応してしまう。身体を固くする孝祐に、耳元にある唇が、ふ、と息を吐いた。笑われたことが悔しいが、それよりも羞恥のほうが強い。

　いつもなら反射のようにして悪態をつくのに、声も出せない。すぐ側で宗司の息遣いが聞こえ、それだけで感じてしまい、悪態よりも先に別の声が出てしまいそうだ。

「本当、若いな」

「うるさ……っ」

　笑いを含んだ声に反論しようと、辛うじて出した声が途切れた。孝祐の耳を宗司が噛んでいる。熱い息が吹き込まれ、耳殻を舌で撫でられた。

「……してやろうか？」

　耳の中に宗司の声がダイレクトに入ってきた。首を竦めて逃げようとしたら、耳を全部含まれ、吸われた。背中に快感が走り、足から力が抜けていく。

「……あ」

　崩れ落ちそうになる身体を肩にある手で支えられる。

「相変わらず敏感だな」

　声がずっと笑っていて、悔しいのに抗えない。一度拾ってしまった快感は、もっと次へと、さらなる悦楽を求め、熱が増していく。

肩にあった手の片方が、肌の上を滑っていく。唇はずっと孝祐の耳を愛撫したままだ。宗司の掌が熱い。耳に響く水音と、激しい息遣いが聞こえてきた。

立っていられなくなり、ずるずると身体が落ちていくのに合わせ、宗司の身体も下りてきた。背中を抱かれるようにして床に座りこむ。孝祐の身体を胸に抱いたまま、掌が肌の上を這い回っている。

耳を食んでいた宗司の唇が滑ってきた。孝祐も首を回し、迎えるようにしてそれが合わさる。開いたままの口内にすぐに舌が入ってきた。強引にこじ入れられ、中を掻き回され、息をする暇もない。

「ん、んっ……、ぅ、ん」

苦しさに眉を寄せ、逃げようとするが宗司が離れない。舌を食まれ、強く吸われた。唾液が溢れ、滴り落ちていく。

興奮していたのは孝祐のはずなのに、宗司のほうが息が荒い。奪われるように口づけをされ、身体中を撫で回されている。

胸の上を撫でていた宗司の手が円を描きながら下りていく。脇から腹を伝い、自分の肘で孝祐の腿を押し開くようにして、中心を握ってきた。

「……は、っ、あ」

突然の刺激に身体が跳ね上がる。貪るようだった唇が離れ、宗司が孝祐の目を覗いてき

た。嵐のような愛撫に翻弄され、孝祐の息も上がっている。

見つめ合っていた瞳が下に下りていった。手に納めたそれを確かめると、もう一度孝祐の目を見つめ、宗司が笑った。

「いきなりだな……ちょっと、っ、おいっ……んっ」

あまりに性急な成り行きに、文句をつけようと開いた口を塞がれた。同時に孝祐のペニスを握っていた手が上下し始める。

「ん、ん、……ぅ、あっ、あ」

宗司の手の中にあるそれがすぐさま水音を立て始めた。グジュグジュと淫猥な音が鳴り、一気に追い上げられそうになる。

「なん……、で、ぁ、あ」

声を出そうとすると激しく擦り上げられ嬌声に変わってしまう。先端を親指で撫でられ、亀頭の括れを掠めるようにして行き来させられると、腰が浮き上がった。手の動きに合わせ、腰が前後する。

「待っ……、ああ、あ」

強引に感じさせられ、身体がそれについていこうとする。

以前宗司には二度、こんなふうに触られた。だけど今施されているこれは以前とはまるで違っている。あの時は熱を内包したまま苦しんでいた孝祐を助けるための行為だった。

それが今は、孝祐を高めていきながら、宗司自身も興奮している。やり方は乱暴で、色気も雰囲気もそっちのけだ。それなのに、孝祐の身体はあの時よりも喜んでいた。

宗司の手の動きに合わせて腰を揺らめかせ、蜜を溢れ出させた劣情が今にも爆発しそうにして震えていた。

「あ、あ、……っ、ぅ、んあ」

痛いような刺激に声が溢れ出す。自ら足を開き、宗司の手に押しつけるようにして腰を震わせていた。

「んん……っ、ふ、ぅぁ、んんぅ」

絶頂の兆しが見え、はぐらかそうと首を振った。宗司の手の動きがますます激しくなっていく。

「イケよ……」

耳元の声に感じ、腰が高く浮く。

「っ、あ、あ、ぁあ、ぁぁああ」

宗司の胸に背中を預け、両足は大きく開いている。上下される手に突き入れるように腰を揺らしながら、夢中で駆け上がった。

「ぁああ、ああ、……はあ、はぁ、あ、っ、あ――」

体裁も羞恥もぶっ飛んで、声を上げながら精液をまき散らす。宗司の手は止まらず、派手な水音を立てながら忙しく動いている。

「ぅう、……あ、ぁあぁぁ……」

限界まで広がった自分の足の指先が丸まっていた。はあ、はあ、と息を吐く唇からは、唾液が零れ落ちている。

浮き上がっていた尻が床につき、息が整っていくのに合わせるように宗司の手の動きも穏やかになっていった。

「宗司、お前なあ……なんちゅう……」

「なんだ？」

いきなりの展開に頭がついていかず、言葉も出ない。今の感想は、「どうしてこうなった……」ということだけだ。

「流石に早いな。若さか」

「おま……っ」

何がなんだか分からないうちに追い上げられてイカされた。戸惑いも羞恥も吹っ飛ばされた挙句にその感想はないだろう。

憤慨している孝祐の身体を宗司はまだ胸に抱いている。叱ってやろうと首を後ろに回したら、口を塞がれた。

「ぉう……ぅう」

驚いて目を見開くと、宗司も目を開けたまま孝祐を見ていた。片眉が上がり、次にはその目が細まった。

強引な男は孝祐の一切の文句を聞かずに、再び舌をこじ入れてきた。


翌日、孝祐は朝から宗司の部屋で朝食をとっていた。ご飯に味噌汁とサラダに浅漬け、それからハムエッグと、代わり映えのしない献立を、宗司と向かい合って食べている。

宗司は孝祐が教えた目玉焼きの食べ方が気に入ったらしく、今日も同じようにして黄身に穴を空け、醤油を注ぎ込んでいた。

澄ました顔をして飯を食っている顔を、味噌汁を飲む振りをしてそっと覗き見る。

昨夜はアトリエでこの男にいいように翻弄された。絵のモデルをしていたはずが、いつの間にか身体を撫で回され、喘がされ、イカされた。縛られてもいなかったのに。

宗司の考えていることが分からない。

一方的な行為に、こっちからもお返しをしようとしたら、今度はそれを拒絶されてしまったのだ。自分のアトリエでそんなことはできないと真面目な顔をして言われた。そのアトリエで、お前は俺に何をしたのかと問いたい。

モデルをしている最中に身体が反応してしまった自分も悪いが、宗司だってあの時興奮していたじゃないかと思う。だけど宗司は孝祐をイカせるだけで、自分に触らせてはくれなかったのだ。

女とも男とも、誰とも恋愛というものをしたことがない。言い寄ってくる輩（やから）はいたが、全部逃げてきた。だから今、どうしたらいいのかが分からなかった。宗司が何を考えて孝祐にあんなことをしたのか、自分はどうすればよかったのか、全然分からない。

「今日は午前中に家の仕事をしたらあとは何もないから、午後には描こうと思う」

孝祐の戸惑いなどまるで察していない宗司が、今日のスケジュールを告げてくる。

「そうか。分かった。昼は？」

「ここで食おうかな。作ってくれるか？」

「うん。いいよ」

会話が夫婦みたいじゃないか、なんて思い一瞬ニヤけそうになるが、努めて平静な声を出した。宗司は平然としていて、それが癪（しゃく）に障る。自分だけがあれこれ考え、宗司の言動にいちいち振り回されている。

「春画はやっぱり描かないのか？」

「描かない」

「そうか。でも、普通の絵を描くんなら、俺がここにいる意味がないと思うんだけど」

「そんなことはない」

「でも縛った俺も描きたいんだろ？　それは描かなくていいのか？」

「いずれは描きたい」

「それってさ……」

言葉で探ってしまうのは、宗司の気持ちが知りたいからだ。

「宗司がここを出ていったあとも、俺はお前のモデルをやるってことなのかな……？」

孝祐の声に宗司がこちらを向いた。

「嫌か？」

そう聞かれて、箸を持ったまま俯いてしまう。

……嫌じゃない。

むしろ今後も宗司と接点が持てるということが、嬉しいのだ。

「ここを出て、どこかに部屋を借りて、アトリエも持つ。そうしたら孝祐に来てほしい。俺の絵のモデルをしてくれないか？」

言葉を飾ることも、孝祐の真意を探ることもしない宗司は、自分の要求を真っ直ぐに伝えてくる。

「うん……。いいよ」

時々あまりにも直球な行動をしてくるのでこちら側は面食らうのだが、振り回されながらも、結局は全部受け入れてしまう孝祐だ。

孝祐の返事を聞き、宗司が安心したように笑った。強面のやくざ顔は、笑うと印象が変わり、とても優しそうな笑顔になって、……可愛いのだ。

朝食を済ませ、宗司は母屋へ仕事に行き、孝祐も蔵に戻った。

今日と明日が終われば、孝祐は一週間の契約を終え、ここから出ていくことになる。

「部屋借りるって、どの辺を探すんだろう」

庸一や桐谷の家のことを考えれば、そうすぐには行動を起こせないことは理解していた。だけど孝祐の頭の中には、すでに宗司がここを出たあとのビジョンが映し出されていた。そこにはちゃっかり自分の姿もあったりする。

連絡を取り合い、部屋を行き来し、たまには一緒に買い物をしたり、宗司の絵のモデルをしたり。

書道家として、この家のこともきっちりこなしている宗司だが、ずっと閉じ込められているような生活をしていたから、世間知らずなところもあるだろう。そこは自分がサポートしていければいい、などと考え、蔵に用意された自分の布団の上に寝そべりながら、孝祐は笑顔になっていた。

「……学校か」

宗司のこれからのことを心配しながら、自然と自分の将来ことも考える。

ただ逃げ出したい一心で家を出て、地元も飛び出した。生活を維持するのが精一杯で、先のことなんか考える余裕もなかった。

宗司はまだ若いのだからと言っていた。やる気さえあればなんでもできると。

宗司の側にいて、一緒に過ごしている自分の姿を想像する時、今のままの適当な自分ではいけないような気がした。宗司と孝祐とでは、あまりにもいろいろ違いすぎて、バランスが悪い。

「……いや、別に釣り合うとかそういう話じゃなく」

一人で言い訳をし、誤魔化(ごまか)すように寝返りを打つ。

「馬鹿みてえ。まだ何も始まってもいないし。どうなるのかも分かんねえのに」

だけどそんなことを考えて、真剣に将来のことに悩んだりするのは、悪くないことだと思った。

「ちょっといいかな？」

突然声をかけられて視線を向けると、蔵の入り口に庸一がいた。今日は和装で、笑顔で立っている。

寝転がっていた布団から起き上がり、孝祐は正座をした。

まだ昼にもなっていない時間帯で、こんな午前中からここへ来たのを不審に思う。

庸一は相変わらず人のよさそうな顔をして孝祐を見ていたが、こっちは容易に笑顔を返せなかった。宗司の話を聞いたあとだ。そんな無防備な表情をされても、警戒が解けない。

「なんでしょう？　絵は午後からやるって言ってたけど」

硬い声を出す孝祐に、庸一はまるで気づかないようにしてニコニコしながら蔵の中へ入ってきた。

「午後から君を描くって言っていたのかい？」

「はい」

「だけど、春画ではないんだろう？」

無邪気にも見える仕草で庸一が首を傾げ、聞いてくる。返事のしようがなくて、孝祐は無言のままその顔を見つめ返した。

「あの子がね、君のことを描きたくないって言い出したんだよ。それで、納期を遅らせてくれって」

「ああ……」

「それなのに、まだ君をモデルにするの？　何を描くのかな」

「え……」

「納期を遅らせるのは構わないんだ。作業の進行がずれたりして、今までもそういうことはあったからね。だから私は単純に、モデルが気に食わないんだろうと思ったんだけど。今、まだ描くみたいなことを君が言ったからさ。……どうしたんだろうね？」

にこやかに畳みかけてくる庸一の声と顔が、初めて怖いと感じた。一瞬の言葉尻を捕らえて、探ろうとしている。笑顔の奥にある感情がまったく見えず、追い詰められている気がするのだ。

「さあ……。俺は、よく分からないですけど」

　失敗したと、唇を噛む。この人の前では、迂闊なことは絶対に言ってはいけなかったのに。

「だけど残念だねえ。私は君のことがとても気に入っていたのにな。宗司も途中からは乗り気になっていたと思ったんだけどね。……逆に惚れこんじゃったのかな、君に」

　よく分からないというように首を傾げてみせる孝祐に、庸一が笑いかけてくる。

「でもそれだと、せっかく大枚出して君を買ったのに、足が出ちゃうよね。オークションにわざわざ出向いて連れてきて、普通のモデルだけじゃ、こっちが損した気分だ」

「……すみません」

「いや、君が謝ることはない。宗司の気まぐれなんだから。あれにも困ったものだよ」

　仕方がないというように溜息をつき、庸一が出ていった。孝祐に何を聞こうとしたのか、何を確かめたかったのか。笑顔の裏にある真意はまったく汲み取れない。

　だけど油断のならない人物だというのは、世間知らずの孝祐でも分かった。

　あの男は怖い。

　庸一の目をかいくぐって、宗司がこの家から綺麗に逃げ出すのは、とても難しいことのように感じた。

昼前になり、孝祐は宗司の離れに行った。宗司はまだ母屋にいるらしく、姿はない。

勝手に台所に入り、昼食の準備をする。今日のメニューは親子丼だ。

一昨日スーパーで買い出しした食材はほとんど使い切っている。また買い出さないといけないと考え、ああ、俺は明日でここでの生活が終わるのだと思い出した。

こうやって一緒に飯を食べる機会も残り少ない。昼飯が済んだら、また買い出しに行こうと宗司を誘ってみようか。

「最後の晩餐ってわけじゃないけど」

リクエストを聞いて、それを作ってやったらいいと、そんなことを考えながら米を研いでいたら、玄関で人の気配がした。宗司が帰ってきたのだと思い、孝祐は出迎えもせずに台所に立ったままでいた。

「おかえり。今日は親子丼な。なあ、これ食ったらさ、買い物に行かね？　そろそろ冷蔵庫空になるぞ。何食べたい？　好きなもん作ってやるよ」

近づいた気配に振り返ると、そこに立っていたのは宗司ではなく庸一だった。

「なんだ。まるで夫婦みたいじゃないか。微笑ましいねえ」

驚いている孝祐に、相変わらずにこやかな顔で庸一が言う。

「せっかく作ってくれたのに、悪かったね。宗司は私の用事で出かけているんだよ」

「あ、そうなんですか」

「うん。それで、君にちょっと話があるんだけど」

その言葉を聞き、思わず警戒して庸一を見返す孝祐を、庸一はおっとりと見つめ返してくる。

「そんな怖い顔をしないでくれるかな。たいしたことじゃないんだ」

「……なんでしょうか」

孝祐の問いに答えず、庸一が部屋を見回している。

「相変わらず何もない部屋だね。欲しいものがあるなら買って構わないよって言ってるのに。あの子は全然そういう欲がない」

欲も希望もすべて取り上げているのは誰なのだと問い詰めたい気持ちを抑え、庸一の言葉を待つ。硬くなっている孝祐を見つめ、庸一がわずかに眉を寄せた。

「だからそんなに構えないでよ。あのね、私は一応オークションで君を買い取った側なんだよ。あんまりそういう態度をとらないでもらいたいんだけどね」

困ったように言われて、「……すみません」と謝る。一週間の約束で、孝祐が金で買われてきたのは確かだ。

「うん。いいんだけどね。それで、……そうだな、ここじゃなんだから、母屋のほうへ来てくれるかい。親子丼を食べたあとで構わないから」

せっかく作ったんだからと、相変わらずフワフワとした笑顔でそう言って、「じゃあ、待ってる」と、離れから出ていった。

台所に立ち尽したまま、庸一の真意を考える。ここへ連れられてきた時、母屋へは顔を出さないようにと言っていたのに、どういう風の吹き回しなのか。

庸一の話とはなんだろう。宗司に関してのことに違いないが、なんにしろ、警戒は必要だと思った。

「けど、自信ねえなあ……」

朝のやり取りを思い出す。ほんの一言の失言で、畳みかけるように追い詰められる。サシでじっくり話なんかしたら、ボロが出るんじゃないかと不安だ。宗司はいつ帰ってくるんだろう。

母屋に行くのはなるべくあとにしようと、孝祐はゆっくりと昼食の準備の続きに入った。

ゆっくり昼食をとり、片付けもことさら時間をかけてから母屋へ出向いた。時刻は二時を過ぎており、いくらなんでも遅いと叱られるかと思ったが、出迎えた庸一は何も言わずに孝祐を招き入れた。

長い廊下を渡り、いくつかある部屋の一つに通される。畳敷の部屋は広かった。床の間には墨絵の掛け軸が飾ってあり、その下には子どもなら容易に入れそうな大きな壺が置いてある。どちらも物凄く高そうだ。

「お薄でも点てようかね」

そう言われて意味が分からずキョトンとした孝祐だったが、それがお茶のことだと知り、慌てて辞退した。お点前なんか作法も知らないし、長時間の正座もできない。

料亭の座敷のような部屋で恐縮している孝祐に、庸一は気さくに笑い、「緊張しないでいいから」と言う。この態度だけを見ていると、本当にただの気のいい中年の男性なのにと思う。

「今日は教室もないし、通いの家政婦さんも来ないから。リラックスしてていいよ。足も崩して構わない」

座布団を勧め、自分はその上に正座をしながら庸一が言った。

「じゃあ、普通のお茶がいいかい？　さて、日本茶は……」

「あ、いえ、お構いなく。っていうか、あの、話ってなんでしょう」

広すぎる屋敷は居心地が悪く、庸一と二人きりでいるのも不気味だ。宗司はまだ帰ってくる気配はない。来るのを遅らせたのは自分だが、今は用件を早く済ませてここから出ていきたかった。

「じゃあ話そうか。あのね、オークションで私は君を二十万で買ったんだよ」

「……あ、はい」

宗司のことを詰問されるのかと身構えていたのだが、いきなり自分の値段のことを話題に出され、孝祐は戸惑った。

「二十万ってどう思う？」

「あ、ええと。結構な値段ですね」

人を一人好きなように扱うのに、それが高いか安いかは分からないが、自分の値段がそれだとすると、かなり高額だと思う。

「でしょう？　まあ、君はとても綺麗だし、年齢も若い上に、未使用だと聞いた。一週間君を好きにしてもいいということだけど、それでも破格だ」

「そうですね」

「宗司の絵のモデルだと思ったから奮発した。あの子の描く絵は特殊だし、過酷なこともしてもらわなくちゃならないだろうと思って、君にしたんだよ。絵が売れれば、君を買った倍近い値段は軽くつくだろうし、それならまあ、元も取れるしね。何枚も違う構図で描いてもらう予定だったんだよ。安い買い物になるはずだった。当初はね」

口調はあくまで穏やかで、孝祐をオークションで落札した理由を教えてくる。だけどそんな話を聞かされても、返す言葉がない。

「宗司が君を気に入らない、描きたくないというなら、それはまあ仕方がない。気持ちの起伏もあるだろうし、あの子はあれで繊細だから、無理というなら無理なんだろう。だけど君のほうはね、そういうわけにはいかないんだよ。二十万も出して連れてきて、部屋と食事も面倒見たのに、絵は一枚も出来上がらない、君も何もなしじゃあ、払い損だ」

　要は孝祐が値段に見合った働きをしていないということが言いたいのだ。

「それで、考えたんだけどね」

　ニッコリと笑う庸一の顔を見て、……とても嫌な予感がした。

「ああ、やっぱりちょっと喉が渇くな。待っていてくれるかな。お茶を淹れてくるから。それから詳しく相談しよう」

　そう言って庸一は、気軽に立っていった。

　一人部屋に残されて、孝祐は考え込んでしまった。

　確かに二十万も払っているなら、元を取りたいと思うのは当然だろう。庸一の言う通り、孝祐はただ一週間ここでのほほんと過ごしていただけだ。多少は恥ずかしい目に遭ったが、それでもあの行為で二十万だと言われれば、自分が客なら暴れるところだ。

　どうなるんだろうと不安が過る。宗司の描く構図が気に入らないと言って、勝手に縛り直し、孝祐の身体を容赦なく苛んだ、あの時の庸一を思い出す。

背筋を冷たいものが走った。

逃げたほうがいいんだろうか。だけど逃げてどうする？　孝祐の住む部屋はきっと溝口が押さえているだろう。今すぐの逃亡資金もない。

「……よう。今日はこっちにいるのか」

聞き覚えのある声に、ギョッとして振り返ると、すぐ側に溝口がいた。溝口の後ろには舎弟と思われる男の姿もある。

「ぼーっとして座ってるからよ。なんか悩みごとか？　ん？」

考え事をしていて、人が近づいてきたのに全然気がつかなかった。

溝口が孝祐の横に胡坐をかいた。もう一人の男は部屋の外の縁側にいて、中へは入ってこない。

「何しに来てんだよ。また陣中見舞いか」

剣呑な声を出す孝祐に、溝口はへらへらと笑ったまま「今日はじいさんに呼ばれた」と言った。

「なんだか相談があるってよ」

「相談……」

先ほどの庸一の話と溝口の登場を合わせると、悪い予感しかしない。

「んで、絵のほうは進んでんのか？　エロいの描いてもらってるんだろうな」

溝口がそう言って孝祐の顔を覗き込んだ時、庸一がやってきた。盆の上に茶碗を載せて運んでくる。

「ああ、溝口君。早かったね。もっと遅くなるのかと思ったよ」

そんなことを言うわりには、盆の上にはきっちり三人分のお茶が用意されていた。

「そんで、相談って？　屋敷に呼び出しかけるなんざ、よっぽどの急用なのかと思ってね」

お互いの座っている畳の上に、庸一が茶托に載ったお茶を置いていく。溝口は遠慮なくそれを口に運ぶが、孝祐はお茶を飲む心の余裕もない。

「急用といえばそうなんだ。実は宗司がこの子をモデルにした絵を描きたくないと言い出してね。実際描いていないんだよ」

茶碗を持ったままの溝口が、孝祐に視線を送り「で？」と言った。

「君のところで二十万も出して買ったのに、モデルも務まらないんじゃあ、どうしようかと思ってね」

「ふうん。返品ですか。っつってもなあ、一度納品しちまったわけだし、こっちもそんなことを言われても困りますよ」

相変わらず孝祐のことは商品扱いの男だ。

「いやいや。私だってそこまで図々しいことは言わないよ。だからね、どうだろう。溝口君、この子を買ってくれないかい？」

庸一がにこやかにえげつないことを言い出す。

「……へえ。面白いことを言うねえ」

「だって君、えらくこの子のことを気に入ってた様子じゃないか。売りに出さなきゃよかったって言ったの、君だよ。だからね、返品じゃなくて、今度は君に売ろうかと思って。どうだい？」

悪びれない庸一の声に、溝口が笑った。お茶を一気に飲み干し、それを畳の上に置く。

「んで？　いくらで売るつもりだ？」

溝口が孝祐を見る。目の光が増したように見え、孝祐は思わず顔を逸らした。

「二十万……と言いたいところだけど、まあ、そこは勉強して、十万ならどうだい？　好きにしていいよ。なんなら連れて帰ってもいい。契約は明日までだけど、家じゃあもういらないから」

温和な顔をして、言うことが冷酷で容赦ない。

「それから、その絵のことだけど、納期を延ばしてもらいたいんだよ。宗司はこの一週間、全然描いてくれないから。別のモデルを連れてきても、果たして描けるのか。やる気がなくなっちゃったみたいでね。心配だ」

「あいつが描かないって？」

「この子が来てからね。なんだか様子が変わってしまったんだよね」

庸一は宗司の変化に気づいていたのだ。何も気にしていないような振りをしながら、自分の生活を脅かす要素を目ざとく察し、牽制しようとしているのだと気がついた。

「描くより楽しいおもちゃを見つけたみたいでね。やっぱりあれだね。君たちはなんだかんだいっても兄弟なんだなと思ったよ。好みが同じだ」

庸一の話を聞いた溝口が、驚いた顔をして孝祐を見つめた。

「あいつが……？」

「仲睦まじいよ。この子も甲斐甲斐しく料理なんかしているし。離れで新婚夫婦みたいにして暮らしていた。驚いたよ」

「へえ……」

孝祐を凝視していた溝口の口端が引き上がった。

「そりゃあ、面白いわ。お前、あいつとデキたのか」

「……そんなんじゃねえよ！」

興味津々の態で孝祐の顔を覗き込み、溝口が笑う。

「だからこの子を春画のモデルにしたくなくなったようだ。ごく普通の、金にもならない絵を描いている」

「どうやってあの坊ちゃんをたらしこんだんだ？　馴染んでるとは思ったけどよ、まさか本当にデキてたなんてな。驚きだ」

「だから、そんなんじゃねえってば！」

孝祐が否定をしても、溝口は面白がるばかりで、庸一も困ったものだと苦笑している。

「宗司は大事なうちの跡取りなんだ。くだらないことに現を抜かしている暇はないんだよ」

「ああ、それで手っ取り早く俺に押しつけようっていう算段か。なるほどな」

合点がいったというように溝口が頷いている。

「そんで、今日は宗司は？　いないのか？」

「ああ、私の使いで外に出した。もう少ししたら帰ってくるかな」

のんびりとした口調で庸一が部屋の外のほうへ顔を向けた。

「それで、どうする？　溝口君。この子買ってくれるかい？　それとも転売する？　マージンは取って構わないけど、代金はもらうよ。一応明日までは私の所有なんだから。でもできれば君に買ってもらいたいんだよ。そのほうが、宗司が嫌がるだろう？」

「あんた本当に……鬼だな」

孝祐の声に、庸一は心外だというように目を見開いた。宗司の話を聞き、とんでもない奴だとは思っていたが、今目の前で鬼畜な発言をしている男は、孝祐の想像を遙かに超えたゲス野郎だった。

「君にそんなふうに言われるのは残念だなあ。私だって君のことを気に入って、気を遣っていたつもりなんだけど。それに、私から言わせれば、大事な息子をたぶらかして骨抜きにしたのは君のほうなんだよ？　責任を取ってもらいたいものだ」

庸一は今までもこうやって宗司から興味のあるもの、大切なものを奪ってきたのだろう。自分の利になる人間関係しか結ばせず、少しでも影響があると見れば、排除する。

「ああ。……いいことを考えた」

睨み上げる孝祐を見つめ、庸一が邪気のない笑顔を作り、そう言った。

「溝口君、この子連れて帰ってもいいけどさ、そうする前に、一旦ここで遊んでいかないかい？　宗司ももうすぐ帰ってくることだし、あの子にそれを見てもらおうよ」

「あいつに……ここで？」

庸一の提案に、流石に溝口が絶句する。

「そう。宗司はあれで潔癖なところがあるからね。自分のお気に入りが大嫌いな人間に汚されるのを見たら、きっと幻滅して興味を失うと思うんだよ」

涼しい顔で下劣な提案をする庸一を眺め、こいつは人間じゃないと思った。息子として育て、三十年以上もの間一緒に暮らしている人間に対し、そんな仕打ちをよくも考えつくものだ。

「いい案だと思わない？　それで宗司の創作意欲が湧いて、また描いてくれるようになれば、溝口君だって都合がいいだろう？　そこにいるもう一人にも参加してもらってさ」

部屋の外で待機しているもう一人の男に向かい、庸一が優雅な所作で手招きをする。

「滅茶滅茶にしちゃって構わないよ。この子が悶え狂う姿を宗司に見せてあげて。二度と手に触れたいとも思わないように汚してやってよ。……君らの特技だろう？　セックスで人を狂わすのは」


畳の上に真紅の緋毛氈が敷かれている。緋毛氈の下にはご丁寧に防水シートが敷かれていた。

「畳が汚れると面倒だから」と庸一は言うが、それならこんな場所を選ばなければいいのにと思う。

「ここは普段書道の教室に使う部屋だからね。週に何度か必ず宗司はここにいなければならないんだ」

服を脱がされ、孝祐は緋色の布の上に座らされていた。孝祐のすぐ前には溝口の舎弟が陣取っている。そして溝口は孝祐の後ろにいて、背中から孝祐の身体を羽交い締めにしていた。

三人の前にはビデオカメラが設置されている。宗司が帰ってくるのが間に合わなかったら、あとで見せてやるのだと言って、庸一が笑った。

「これからは使うたびにここでの光景を繰り返し思い出すよ。ずっと忘れないでいてくれたら、君も本望なんじゃないのかな」

　笑みを浮かべたまま、庸一が孝祐の顔を見つめて言った。

「赤が似合うねえ。本当に綺麗な顔をしているよ。宗司はどうして描きたくないなんて言うんだろうね。もったいない」

　ビデオが設置された少し後ろに庸一が座り、孝祐がされていることを観賞している。

　後ろから回ってきた腕が孝祐の胸の辺りを撫で回していた。耳を噛まれ、分厚い舌が中へと入ってくる。忍び込んでくる熱い息が気持ち悪い。手が肌の上を滑るだけで鳥肌が立った。

「……ぅ、っ」

「その綺麗な顔が歪んで、醜く崩れていくのを描いてもらいたかったのに。宗司は本当に我儘だ」

　前にいる男に大きく足を広げられた。恐怖と嫌悪で萎えたままのペニスを摑まれ、速い動きで扱かれる。

「く……っ、う」

「宗司の手じゃないと感じないのかな？」

揶揄するような声に、庸一の顔をきつく睨む。孝祐に睨まれてもなんとも思わない庸一は、静かに笑みを浮かべたままそんな孝祐を眺めていた。

ぬるりと舌先で耳殻を舐められる。噛まれた後に息を吹きかけられ、顎が上がった。両方の胸の粒を摘まれて引っ張られると、痛みと一緒に喉の奥が痒くなるような感覚が起こり、声が漏れる。

「あ、……あ」

反応のなかった中心も、しつこく扱かれているうちに、形を成していく。先端を指先で抉られ、「ああっ」と大きな声が上がってしまう。

「感じてきたな。随分エッチな身体に仕上がってるじゃねえか。宗司にだいぶ可愛がられたのか？」

からかう声に言葉で答えられず、激しく首を振って否定する。

「毎晩あいつに抱かれてんのか？　宗司め、いい目見やがって。宗司の具合はどうだった？　ん？　あいつは下手くそだったろ？　俺がもっといい思いさせてやるからな」

下品な言葉責めに、さらに激しく首を振った。

「してな……いっ！」

「嘘つけ」

「っ、あ、あっ、し……っ、てな……っ」

「おい、そっち持ち上げろ。確かめてやる」

溝口の命令に、舎弟が孝祐の両足を持ち、押し広げる。溝口に背中を預けたまま、腰を持ち上げる恰好をさせられた。天井を向いた孝祐の後孔に、溝口の指が這ってくる。

「やめろ……っ」

「まあまあ、具合を見てやるって言ってんだよ」

唾液で濡らされた指先が、ツプリと入ってくる。

「ああっ」

異物感に叫び声を上げ、大きく仰け反る身体を、前にいる男が押さえこんできた。

「きっつ……。なんだよ、指一本も入んねえぞ」

ぐりぐりと中を広げるように回されて、唇を噛んで痛みに耐える。

「宗司のが小せえのか？」

「……ぃ、違、……ぅ、っ、あ、……」

「冗談だよ。こんだけ狭いってことは、マジで使ってねえのか」

ぐじゅぐじゅと指を抜き差しされて確かめられる。奥に入れられて、あの場所を掠められるのが怖くてずり上がろうとする身体を、強い力で引きずり下ろされた。

「じゃあ、ここに挿れるのは、俺がお初ってことになるな。そりゃラッキー」

「……くっ、そ、死ね……よ、っ、っ、ぁあああ」

グイ、と根元まで指を入れられて、絶叫した。

「いいねえ。そういうの好みだって言っただろ？　グッチャグチャにしてやりたいわ」

笑いながら溝口が孝祐の顔を覗いてくる。中に入った指が探るように蠢（うごめ）いていた。

「ん、……んっ、ひ、ぃ……、やっ、め……っ、あっ、ああっ、そこ……や、あ、ぁ」

「……ああ、いい場所にあたったな。すぐ馴染むようにしてやるから」

前立腺（ぜんりつせん）を刺激され、言葉も出ずにガクガクと身体が揺れる。足を押さえていた二つの手が、いつの間にか太腿（ふともも）を撫でていた。広げられたままの足は中で蠢く指に刺激され、自分では閉じられない。

劣情からバタバタと蜜液が零れ出て、だけどそこを触ってもらえずにイクことができなかった。

「我慢しろよ？　一発でメスイキさせてやる」

指が増やされ、さらに掻き回される。足は開き切ったまま、指が動かされるたびにビクビクと腰が揺れた。射精感が襲ってきてはぐらかすのを繰り返され、意識が朦朧（もうろう）としてくる。

「やめ……っ、んん、……ひ、ひ、……ぁああ」

「いい感じに喜んでんな。イキたいか？」

溝口の笑い声がする。中で指が蠢くたびに腰が撥ね、背中が反っていった。意思とは関係なく身体が絶頂に向かおうとする。みっともなく足を広げ、腰を前後させ、口からは嬌声が飛び出す。

「やぁ、……だ、ぁあ、ぁああ」

宗司はまだ帰ってきていない。こんな光景を見たら、なんて思うだろう。潔癖な男だから、幻滅して興味を失うと庸一が言っていた。どう思われようとも仕方がないが、この姿を見られるのは、自分が嫌だった。

嫌いな奴に身体を弄ばれ、感じて声を上げている、こんな姿を見られたくない。

「ぅ、う、……っ、く」

「……気持ちよすぎて泣いちまったか？　あーらら、可愛いなぁ。今もっとよくしてやるからな」

楽しそうな溝口の声が聞こえ、それからカチャカチャという金属音がする。

「……押さえてろ」

命令する声とともに、足がさらに開かれていった。やられてしまう。このあとはもっと酷い地獄を味わわされるのかと、ほとんどぼやけて見えなくなっている目を、孝祐は固く閉じた。

突然、ドカドカという足音が聞こえ、次にはゴッ……、という鈍い音がした。

自分を押さえつけていた力がなくなり、不意に自由になる。

目を開けると、孝祐のすぐ横に溝口と舎弟の男が折り重なるようにして倒れていた。

反対側には宗司が立っている。無表情のように見える顔だが、よく見るとこめかみに青筋が浮いていた。

「……っ、てぇな」

頭を手で押さえた溝口が、呻(うめ)くような声を上げながら身体を起こしてきた。もう一人は畳に膝をつき、下を向いたまま動けないでいた。

三脚につけられたビデオカメラを宗司が手に取った。そのままカバーを割り、床に叩きつけている。

「宗司、何を……、家が壊れるだろう。ちょっと、落ち着いて」

カメラを三脚で滅多打ちにし始めた宗司に、庸一が流石に狼狽えた声を上げた。

「こら、宗司、やめなさい」

庸一の制止の声など聞こえないようにして、宗司が三脚を垂直に振り下ろした。ビデオもろとも、三脚が畳に突き刺さっている。

「あー、痛ぇ。酷ぇことすんなよ」

よろよろと立ち上がってきた溝口を宗司が睨んだ。

「……孝祐に何をやった？」

地の底から響くような唸り声を上げ、宗司が聞いた。

「汚いものをしまえ。……このゲス野郎が」

「それはないだろうが。お前の親父さんがこいつを俺に売ったんだよ。春画のモデルにもならないなら、金がもったいねえってさ」

「……そりゃ、だってそうだろう？　二十万も出したんだ。払った分の働きはしてもらわないと。お前は絵を描かないって言うし」

次に睨まれた庸一が、やはり焦ったように言い訳をしている。

「孝祐、服を着ろ」

二人に睨みを利かせたまま、宗司が言った。

「おい、こいつは俺が買ったんだよ。勝手なことすんな」

「いくらで買った？」

宗司がスーツの胸ポケットから財布を取り出した。札を溝口に投げつけ、「やるよ。拾え」と言った。

「……あ？　ふざけた真似すんじゃねえぞ」

宗司の態度に気分を害したらしい溝口が、低い声で威嚇する。

床に膝をついていた舎弟がようやく立ち上がってきた。「てめえ」と叫びながら宗司に飛びかかる。パンチが頬に当たり宗司の顔が一瞬後ろに弾けるが、宗司は無表情のまま男の腕を掴み、ねじ上げた。男の身体が簡単に反転し、後ろ手になった腕をさらにねじ上げられ、顔が歪んでいく。

「ぐ……っあ」

ギリギリと限界まで捻り上げ、そのままドン、と蹴り飛ばす。男が吹っ飛び、部屋の壁に激突した。

舎弟を吹き飛ばした宗司は、すぐさま大股で部屋の奥に行き、床の間に置いてある大きな壺を持ち上げ、そのまま溝口のほうへと向かっていく。

「ちょ、……ちょっ、待った。それはやめておけ」

子ども一抱え分ほどの壺を振り上げた宗司に、溝口が慌てた声を出し、説得している。

「宗司、その壺を下ろしなさい……っ、か、柿右衛門、……宗司……っ！」

後ろでは庸一が今まで見たこともないほど慌てふためいていた。

宗司が仁王立ちしている。百九十近くある長身はそれだけでも気圧されるほどで、さらに恐ろしいほどの怒気を放ち、溝口に向かって壺を振り下ろそうとしているのだ。

「宗司」

服を着終わった孝祐が側に行くと、宗司はチラリと視線を寄越し、「カメラを拾え」と言った。畳の上で粉々になっているビデオカメラを拾う。

「池に捨てろ」

言われた通りに中庭にある池にカメラを投げ込んだ。後ろでは庸一が「鯉に傷が……」

と嘆く声が聞こえたが、知ったこっちゃない。

池に沈んだカメラを確認した宗司が、「行こう」と、壺を持ったまま歩き出した。

「宗司、壺を置きなさい。宗司っ」

庸一が叫びながら追いかけてくる。

「……その壺どうするんだ？　持って行くのか？」

壺を抱えたままの宗司がニヤリと口端を上げ、「人質だ」と言った。

玄関まで行き、靴を履く。庸一はまだおろおろと二人の後ろをついてくる。

「来るな。そこから下りたらこれを叩き割る」

宗司の一声で庸一が玄関で固まった。行こうと促されてそのまま家を出た。石畳を渡り、門へと辿り着く。後ろを振り向くと、誰の姿も見えなかった。そこでようやく宗司が壺を地面に下ろした。

「走るぞ」

門を出てそのまま走る。この前スーパーへ行った道とは反対の方向へ行く宗司に、孝祐もついていく。

「……なあ、これからどうすんの？」

「分からない」

「だよなあ」

庸一の使いから帰ってきたら母屋で孝祐が襲われていたのだ。想定外のことだったに違いない。そして庸一たちにとっても、宗司のあの激昂ぶりは想定外だったことだろう。

「とりあえず駅に行って、電車に乗って適当に降りるか。それから飯を食べよう」

「うん。なんだ。昼飯食ってねえの？」

「食ってない。孝祐は何を食べたんだ？」

走っているうちに雑踏に紛れ込んでいた。後ろから追いかけてくる気配はなく、人の行き交う街並みは適度にざわついていて、孝祐たちとは無関係に平和な風景を作っている。

その中に溶け込みながら、二人で駅前の道を歩き、今日の昼飯の話をした。

適当に電車を乗り継ぎ、適当な駅で降り、適当に選んだ店で飯を食った。それから駅の界隈をうろついて、適当なホテルを探して今日の寝床を確保した。

部屋に二人で入り、人目のなくなったことにホッとする。行ったことのない場所を選んで徘徊したつもりだったし、今いるこのホテルも宗司は使ったことがないと言っていた。追跡される危険は薄くても、外にいる間はやはり落ち着かない気持ちでいた。

セミスイートの部屋は広く、ミニキッチンに応接セットまである。ソファにどっかりと座り込み、孝祐は大きな溜息をついた。

宗司はミニキッチンの冷蔵庫を開けている。中から取り出したビールの一つを孝祐に渡し、隣に座った。

「気がかりか？　さっきの電話」

プルタブを開け、缶からそのままビールを流し込んだ宗司が言った。

「ああ。先輩のこと？　……うん。大丈夫かなって思って」

桐谷の屋敷から脱出して、一応逃げ切ったと確認を取ったあと、孝祐は公衆電話を探し、幸田に連絡を取った。

一週間の契約をあと二日残し、孝祐は逃げ出してしまったのだ。そんなことをすれば幸田と幸田の彼女に溝口がまた制裁を加えるかもしれない。溝口にそう脅されていたから、それが心配だったのだ。

「無事でいるんだろう？」

自分が逃げ出したこと、孝祐の行方を探すだろうこと、幸田に迷惑がかかるだろうことを伝え、逃げてくれと言った。

「うん。溝口はまだ何も言ってこないって。でも、何もなしでは済まないよな。先輩は気にすんなって言ってたけど……」

ごめんと謝った孝祐に、幸田はそんなことはないと、こっちこそ悪かったと言った。あれからずっと心配していたと、孝祐の声を聞いて安堵の声を漏らしたのだ。

それから幸田は、急に連れていかれてしまった孝祐のために、職場の居酒屋に連絡を入れてくれていた。事情があってしばらく来られないと店長にかけ合ってくれ、孝祐は無断欠勤にならずに済んでいた。

「あの人なりに、いろいろ動いてくれたらしい。逃げ切れって言われた。溝口が先輩のところに行ったら、今度は俺の代わりに制裁受けるつもりなんだろうと思う」

溝口がどんな制裁をしてくるのか。溝口の店でボコボコに蹴られ、みるみる顔の形が変わっていったあの時のことを思い出し、孝祐は拳を握った。

宗司はそんな孝祐の横で、何も言わずにビールを飲んでいる。

「でも……、ありがとうな」

渡されたビールの蓋(ふた)を開け、一気に喉に流し込む。ぷは、と息を吐き、隣にいる宗司に笑いかけた。

「宗司が来てくれて、助かったよ」

幸田のことは気がかりだが、庸一と溝口たちにされようとしたことは、やはり恐ろしかった。あのまま宗司が来てくれなかったら、孝祐は溝口に抱かれていた。身体をおもちゃにされ、無理やり感じさせられて、泣き叫ぶ姿を記録に残されるところだったのだ。あの時の光景を思い出し、ゾッと身体を震わせる。

それから、庸一の人の親とも思えない言葉の数々。

庸一は宗司が自分から離れようとしていることを鋭く感じ取り、その引き金になった孝祐を貶めることにより、宗司の心を折ろうとした。

「なあ。……これからどうするんだ？」

桐谷の屋敷を出た時と同じ質問を、孝祐は繰り返した。あの時は咄嗟のことで、二人とも何も考えずに飛び出したが、やり方としては良い方法ではなかったと、今になって思う。むしろ一番まずい方法で、宗司は庸一に反抗してしまったのだ。

「分からないが、もう戻ることはできない」

「そうか。……うん、そうだな」

庸一は宗司に異常に執着している。戻ったら次には逃げ出せないように、もっと用意周到な方法で、宗司を縛りにかかるだろう。

「順番が滅茶苦茶になっちゃったな。なんの準備もできてないし」

入院している母親のことや、桐谷の家のこと、宗司自身だって、身の振り方を考えなければならなかった。それのすべてをすっ飛ばして大暴れし、後先考えずに逃げてしまった。

……孝祐のせいで。

「いいんだ。これぐらいのきっかけがなかったら、もしかしたら出ていけなかったかもしれない。かえってよかった」

孝祐の気を引き立てるように宗司が言って、ビールを飲んだ。

「うん。……それにしても、宗司って、喧嘩強いのな」

重苦しい空気を振り払おうと、孝祐も明るい声を出し、話題を変えた。

「壺を振り下ろそうとした時、あいつら、滅茶苦茶焦ってた」

溝口は必死になって宗司を説得しようとし、庸一も見たこともないような顔でオロオロしていた。あの時の周りの慌てぶりを笑って話す孝祐の隣で、宗司が苦笑している。

「あまりよく覚えていないんだ」

「そうなのか？　凄かったぞ。この辺血管浮き出てたし」

自分のこめかみを指でさし、あの時の宗司の様子を語る。気がついたら男が二人とも吹き飛んでいたのだ。その後の暴れようも凄まじかった。

「格闘技とかしてたんだ？」

殴られても怯むことなくすぐさま反撃をしていた。その後の行動も素早く、全部があっという間の出来事だった。かなり場数を踏んでいるのだろうと思ったら、「したことがない」と言われて吃驚した。

「え？　マジかよ。それであの動き？　だって本当に凄かったぞ。やくざを二人も吹っ飛ばすとか、普通できないって」

「ジムで身体を鍛えることはあるが、喧嘩なんかしたことはない」

驚いている孝祐に宗司は笑い、「火事場の馬鹿力だ」と言った。

「奥の座敷から声が聞こえて、嫌な予感がして飛んでいった。そこで孝祐の姿を見て、頭に血が上った」

孝祐を犯そうとしている男たちを目撃し、目の前が真っ赤になった。何も考えずに飛びかかった。

「そうなのか。どうやって二人を吹っ飛ばしたのかも覚えていないと言って笑っている。

「……あれは破壊しとかないといけないと思って」

とにかく無我夢中で暴れたらしい宗司は、殴られた頬に手を当て、今頃になって「そういえば痛い」と言うのだ。

「見せてみ？」と、素直に頬から手を離した宗司の顔を覗き込む。殴られた場所に掌をそっと当て、傷を確かめた。

「腫れてはいないけど。結構ガツ、っと入ってたからな。……痛いか？」

親指で頬骨を撫でている孝祐を見つめ、宗司が目を細める。

「冷やしたほうがいいかも」

冷蔵庫から何か持ってこようと立ち上がろうとしたら、腕を摑まれた。引き寄せられて再びソファに座らされる。

どうした？　と目で問う孝祐に、宗司が近づいてきた。同時に手首を引かれ、お互いの顔が重なる。

目を開けたまま唇を合わせた。至近距離で目が合い、宗司が微笑んだ。ゆっくりとそれが閉じられるのを確認し、孝祐も目を瞑った。チュ、とささやかな水音とともに、一瞬唇が離れ、すぐさま深く合わさってきた。顔を横に倒した宗司が強引に舌を割り入れてくる。

「……ん」

それを受け入れながら、宗司の首に腕を回した。引き寄せる力よりも早く宗司が倒れてくる。ソファに押しつけられ、口腔を舌で掻き回された。息が上がり、苦しくなってくるが、相変わらず宗司は強引に奪いにきて、離そうとしない。

「ん……っ、んんっ、ぅ、んーぅ」

首に回した手で今度は宗司のシャツの襟を握り、引っ張るが、言うことを聞かない。宗司の大きな身体に、孝祐は押し潰されていった。

ソファの上で完全に倒され、宗司が覆いかぶさっている。頭を掌で包まれて、無理やり顔を横に倒された。これはもう抵抗は無理と諦めて、孝祐は宗司のしたいまま任せることにする。

息継ぎをするのに神経を集中させながら、薄っすらと目を開けて、自分を貪っている男の顔を眺めた。ほんの少し眉を寄せた、端整な顔が目の前にある。孝祐の視線に気づいたのか、宗司も目を開けた。切れ長の目が孝祐を見つめ、それが嬉しそうに細められる。

「何を笑っている……?」

一瞬離れた唇がそう言って、また近づいた。

「笑ってんのは宗司だろ？」

「お前も笑ってるじゃないか」

「そう？」

キスを繰り返しながら、そんな会話を交わす。他愛ない言葉の応酬が心地好い。絵のモデルも、買い物も、ただ一緒に飯を食うだけでも楽しくて、ずっとこの男と過ごしていたいと思う。終わりの時間が惜しくて、いない間もどうしているだろうかと考える。

こういう感情を誰かに対して持つのは初めての経験で、だけどそれが何かは知っていた。

「なあ、宗司」

女は怖いし、男に興味はなかった。だけど宗司との時間は誰といるより心地好く、離れていたくないと思うのだ。

「俺、あんたのことが好きだ」

孝祐の告白を聞いた宗司は、一瞬ポカンとしたような顔をして、それからまたかぶさってきた。

「……っ、ぁ、ふ、なあ、宗司」

「なんだ？」

「だから、あんたのことが好きだって言ってんの」

返事がないからもう一度言ってやると、「知ってる」という答えが来た。そしてまた口を塞がれる。

「ぅおい、なんだよそれは」

人が気分よく告白をしたのに、素っ気ない返事がきたから、上にある胸を強く押して抗議した。睨みつける孝祐をキョトンとして見つめ、宗司が「だから知ってる」とまた言った。何を今更みたいな顔をされ、頭にくる。

「人が好きだって言ってんだから、それなりの答え方があるだろうが」

「答え方か」

「そうだよっ」

「俺も好きだって言われたいのか」

直球で聞かれて目を逸らす。

「……まぁ、……っていうか、その」

「俺も好きだ」

「軽っ！」

「なんだ。難しいんだな、若い奴は」

「若さ関係ねえから！」

「そんなものは、言わなくても分かっていると思っていたが」

「分かんねえよ。全っ然！　今初めて知ったよ」

孝祐の返事に今度は宗司が驚いた顔をする。

「知らないはずはないだろう」

「分かんねえってば。だって、俺、金で買われてあんたん家行って、こういうことすんのも、契約のうちだったわけで……」

「契約だからこうしているわけじゃない」

「そりゃ、……でも、いっつも俺ばっかり弄(いじ)り倒されて、……昨日だって、あんた、俺に触らせてくれなかったじゃないか」

今もそうだし、昨日もその前も、孝祐は一方的にされるだけだ。初めは春画のためだったし、その後も宗司が何を考えて孝祐に触れてきたのか、言葉がないから分からない。

強引に奪われ、可愛がられ、イカされて、それで終わりだ。宗司がそうしたくてしたのならまだ許せるが、それならなぜ、孝祐のほうから触れることを拒んだのかと聞きたい。

昨日のあれはなんだったのか。今もどうして自分にキスをしてくるのか。その確固たる理由と、言葉が欲しいのだ。

「アトリエだからできないとか、そんなこと言われても、理由分かんねえし」

「理由はそのままだが。アトリエじゃあできない」

「なんで？」

「あれ以上やったら、止まらなくなるだろうが」

困った顔をしながら宗司が言った。暴走しそうな行為を、理性で押し留めたのだと。

「エスカレートしたら、あのままあそこで一晩中お前を抱き潰していたぞ。流石にそれはまずいだろうと思った」

「抱き潰すって……」

茫然とする孝祐を引き寄せ、再び唇が重なってきた。強引に入ってきた舌に自分の舌を連れていかれた。強く吸われ、舐られる。

「一旦タガが外れたら、止まらなくなるからな」

唇が滑り、首筋に吸いつきながら宗司が言った。

「そういう理由だ。それぐらいちゃんと分かっとけ」

「そんなこと言われても……っ」

下りていくと同時に力強く持ち上げられる。舌を這わせながら孝祐の首を噛んできた。ジュ……、という音とともに、噛み切られるかと思うような強さで吸いつかれた。

「……ん、ぁ」

眉を寄せ、痛みに耐える。孝祐の首筋についた紅い印を確かめると、反対側にも同じ痕をつけようと、宗司が唇を滑らせていく。

「あんまり目立つところに痕つけんなよ」

「襟で隠れる。平気だ」

孝祐の抗議に宗司が笑って言った。こうなると孝祐の意見などまったく聞かなくなる宗司を見て、あ、本当にそうだと、孝祐は納得した。

暴走し出したら、この男は止まらなくなるのだ。

なんだ。そうなのか。

納得して、理解した。昨日の晩のあの嵐のような愛撫は、宗司の気持ちそのものだったのだ。

「好きでもない奴のために、あんなふうに暴れたりしないぞ、俺は」

宗司がシャツのボタンを外していく。

「そりゃ、まあそうだな」

全部外すのがもどかしいのか、引きちぎりそうな勢いで布を引っ張っている。

「春画だって、他の奴にお前をおもちゃにされたくないからだと言ったはずだ」

「うん……、そうだった」

「どうでもいい奴のために、三百万の壺を叩き割ろうなんて暴挙には出ないぞ」

「さんびゃく……っ、あの壺そんなにすんのかっ？　それであの二人、あんなに慌ててたんだな」

「あいつの頭の上で叩き割ってやればよかった。……あの野郎」

唸るような声を上げ、宗司が見下ろしてくる。燃えるような目は、あの光景を宗司が目にした時の衝撃を物語っていた。我を忘れ、殴られたことさえ気づかないほどの怒りだったのだと。

「それでもお前はまだ、俺の気持ちを疑うのか？」

強い光を放ち、宗司が孝祐を睨んでいる。言葉にしなければ伝わらないのかと、挑むような目だ。

「疑わない。……悪かった」

上にある宗司の首を抱き引き寄せると、宗司の身体が素直に下りてきた。ボタンを全部外されて、開かれたシャツの間に、宗司が顔を寄せてくる。

キスをされ、舌で撫でられる。分厚い掌が肌の上を自由に動き回り、ジーンズの前立てにかかり、下ろそうとしている。

「宗司」

「なんだ？」

「ええと、……ここでするのか？」

広いセミスイートの部屋だが、ソファのすぐ近くには大きなベッドがある。それなのに、宗司の早急な動きを見ていると、このままここで全部が終わってしまいそうな予感がした。

「まあ、俺はどこでも構わないけど」

すぐそこにあるベッドまで行けないほど自分が欲しいならくれてやる。場所も状況も関係ない。宗司が自分を求めていることがすべてなのだから。

孝祐の声に、宗司は一瞬考えるような顔をした。

「それはそうだな。広いほうがいいか」

そう言って身体を起こし、孝祐の腕を引っ張ったかと思うと、凄い力でぶん投げられた。

「……っ、うわ」

遠心力に身体が持っていかれ、そのままベッドに投げ出される。孝祐を追いかけ、宗司がすぐに乗り上げてきた。

「もう何にも遠慮する必要がないからな」

「俺にはちょっとは遠慮しろよ」

一応手加減をしてくれと訴えてみるが、たぶん無理だろうと、自分を見つめている瞳を見て覚悟した。

孝祐は今日、この男に抱き潰される。

そしてそれは、孝祐自身が強く望んでいることなのだ。

「俺に触りたかったんだろう？」

宗司が笑って言う。

「いいぞ。好きなだけ触れ」

挑発するような声に、その声の持ち主を睨むが、たぶんなんの威嚇にもならないと自覚していた。

目の前にある宗司の身体は頑強で、ヒョロい自分など比較にならないほどに分厚く、硬く、……美しい。

好きに触ってもいいと言ったから、強靭な肌に手を触れた。押し返すような弾力を持った肌が、孝祐の掌に吸いついてくる。

綺麗に割れた腹筋を撫で、無駄の一つもないわき腹を触る。孝祐に撫で回されている宗司は、おとなしくされるままじっとしていて、それが嬉しそうに見えるのが、自分も嬉しい。

「……すげえ、不思議だ」

「何がだ？」

「なんか俺、自分がこういうことしたくなるとか、思わなかった」

宗司に触りながら、それを喜んでいる自分がとても不思議なのだ。

恋愛とは程遠い場所に自分を置き、なるべく異性とは関わらないようにしていた。

「人を好きになることなんてないって思ってたし、……しかも男を好きになるとは思ってなかった」

毛嫌いしていたはずの「恋」というものにどっぷりと嵌まり、しかも相手は男で、つい一週間前まではまるで知らない者同士だったのだ。

「こういうのって、吊り橋効果っていうのかな……」

「どういうことだ？」

「だってほら、初っ端から普通の出会い方してないし。それに会ってからまだ一週間も経ってないだろ？」

先輩のトラブルに巻き込まれ、借金のカタとしてオークションに出品され、そこで出会った宗司と恋に落ち、二人で逃亡している。

今宗司が好きだという気持ちに偽りはないのだが、果たして人とはこんなに急に恋に落ちるものなのかと疑問が湧く。

宗司だって同じだ。自由の一つもない、囲われたような生活をしていて、急に飛び込んできた孝祐に、気持ちを揺らされた。

それは、逃げ出したいと願っている中、不意に垂らされた一筋の蜘蛛の糸で、宗司は何も考えずにそれを摑んでしまったのではないか。

宗司の肌に触れながら、そんなことを考えている孝祐の腕を、宗司が取り上げた。

引き寄せた孝祐の指に唇で触れ、軽く歯を立ててくる。

「……っ」

わずかな痛みに眉を寄せる孝祐の顔を、宗司が見つめた。

「人を好きになるのには、時間をかけないといけないのか？」

静かな声で、宗司が問うてきた。

「孝祐と会う前にも、俺は何人ものモデルと会い、その人を描いてきた。一日で終わった人もいたし、お前と同じように、あの蔵に何日か滞在していたモデルもいたよ」

大概は庸一が主体でモデルを選び、その人を描いてきた。金のために喜んで淫らな恰好をする人もいたし、孝祐のように何かの事情があってやってくる人もいた。

「訳ありのモデルのほうが、薄暗い背景が仄見えて、雰囲気がある人が多かった。だから父も、そんなのを好んで連れてきていたな。俺はそうやって選ばれて、連れてこられた人間を、ただ写すだけだった」

これまでの宗司の春画の軌跡を孝祐に教えてくれる。

「描きやすい人もいたし、逆にどうやっても色っぽく描けない人もいた。モデルを抱いたこともある。絵のためだったり、欲求だけだったり。お前は気にしていたみたいだが、情を移した人はいないぞ」

孝祐がそのことに拘っていたことを出し、まるで孝祐が嫉妬をしていたみたいに言われ、きつい目で睨んでみるが、結局は図星なので仕方がない。宗司はそんな孝祐を見つめ、宥めるように笑顔を作る。

「本当に何人もモデルと関わって、描いてきた。だけど、俺が心を揺さぶられたのは、お前一人だ」

ダブルベッドの上で、お互いに何も身に着けていないまま、肌を触れ合い、抱き合いながら、宗司が告白する。

「今まで出会ってきた人の中で、孝祐だけが違っていた。お前にとっては吊り橋効果なのかもしれないが、俺は違うぞ」

初めて人を美しいと思い、この人を描きたいと思った。他の誰にも見せたくない、渡したくないと、そういう独占欲を掻き立てられたのは、孝祐だけなのだという。

「言葉が欲しいならいくらでもくれてやる。俺があの家を逃げ出すきっかけは孝祐、お前だったが、そう思えたのは、お前が俺にとって特別だからだ」

二人が出会うきっかけになったものなど関係ない。過ごした時間の長さも関係ないのだと、孝祐を真っ直ぐに見つめ、宗司が言った。

「あとは何を言えばいい？」

そう言って孝祐を見つめる宗司の首に腕を伸ばし、引き寄せた。

「もう十分だ。俺を抱いてくれたら、それでいい」

「そうか」

宗司の唇が下りてくる。自分から迎えに行き、強く吸いついた。顔を倒して大きく口を開け、無防備に開放したそこに、宗司の舌が入ってくる。目の前にある瞳が嬉しそうに細められた。

分厚い掌が孝祐の胸の上を滑っていく。熱を発したような手で撫でられ、心地好さで肌がざわついた。絡みつく舌の感触も気持ちよく、溜息が漏れる。太腿に滑っていった手で片足を持ち上げられ、宗司の身体が下りていった。

「……あ」

内腿に口づけられ、声が上がる。強く吸いつかれて、そこにも紅い痕がつけられた。すべてが自分の所有なのだと主張するように、身体中に徴が散っていく。

触られる前から、すでに形を成していた劣情に宗司の唇が触れた。そのまま呑み込まれ、吸いつきながら扱いてくる。

「ああ、……っ、ぅ、んんんぁ、……は、ぁ、は……」

背中が反り上がり、腰が浮いた。深く呑み込んだまま舌を搦められ、すぐにも爆発しそうだった。宗司は孝祐が好きな場所を覚えていて、舌先で可愛がってくる。エラの張った括れに吸いついて、チロチロと舌で擽られ、また深く呑み込まれていった。

「ぁああ、ぁあ、……ん」

身悶えしながら宗司の頭を摑む。ずり上がろうとする身体を押さえられ、容赦なく貪られた。蜜液が溢れ、大きな水音を立てて宗司がしゃぶりつく。襲ってくる絶頂の兆しをはぐらかそうと首を振った。

「ふ……っ、あ、あ、あ、ぁ、あ」

逃げないように腰をガッチリと摑まれ、激しく上下された。溢れ出た蜜液を絡ませた宗司の指が、後孔に埋め込まれた。

「っ、……ああっ」

突然のことに大声を上げ、逃げようともがくが、逃がしてもらえない。前に吸いつきながら、指が進んでくる。浅い場所にあるあの場所にそれが行き着くと、身体が大きく跳ね、高い声が上がった。

「あ――っ」

絶叫しながら腰を揺らす。絶頂感がすぐにやってきて、今日ははぐらかされることもなく、宗司の舌がそれを促してくる。

「イク、……ィク、あっ、あっ、イク……ぅ、っ、っ」

追い上げられるまま宗司の口内に精を放っていた。腰が痺れたようになり、それでも前後するのを止められなかった。搾り取るように宗司の舌が蠢いている。いつの間にか指が増やされていて、執拗に刺激してくる。

「や、ぁ……あ、また、ィ、イ……、はぁ、はあっ……っ」

腰を突き出し、再び達した。尾を引くような声が喉から発せられる。

襲ってくる絶頂感に素直に従い、精を放ちながら身体を揺らす。追い上げられ、我慢をさせられることなく達し続け、愉悦に浸りきった。宗司は孝祐が気の済むまで付き合おうとするように、孝祐を可愛がり続ける。

「宗司……、宗司……」

握るようにして摑んでいた宗司の髪を撫で、上がってこいと促した。孝祐の要望に素直に応え、宗司の唇が離れていく。

身体を起こした宗司が見下ろしてきた。太い首に摑まり、引き寄せる。大きな身体が下りてきて、唇が合わさった。

キスを交わしながら、両方の足を持ち上げられ、間に宗司の腰が入ってきた。指で広げられたそこに、宗司の熱塊が当たる。

「ああ……っ」

吠えるような声とともに、強い力で押し込まれる。指とは比較にならないほどの物凄い圧迫感に、身体が反射で逃げを打つ。

「力……抜いてろ」

「無理……っ、あ、あっ、……っ、待……ぃ、あ」

無理だと言ったのに、宗司が強引に突き進んできた。無理やり中を広げられる感覚は初めてのもので、ずり上がって逃げようとしたらがっしりと抱きつかれ、阻止されてしまった。そのまま大きな身体で圧しかかってくる。

「ぅぅう……っ、あ」

首を振ってもらえず、宗司が律動を始めた。ズチャ……という淫靡(いんび)な水音が立ち、同時に宗司が溜息をつく。宗司の身体に押し上げられ、孝祐の足が高く浮いていた。

孝祐の上で宗司が身体を揺らしている。眉を寄せ、激しく腰を打ちつけながら、宗司が孝祐の身体を貪り、快楽に浸っている。

気持ちがよさそうだと思ったら、恐怖とか、焦りだとかが、フッと消えた。

「……宗司、そう、じ」

孝祐の声に、宗司が目を開け、見下ろしてきた。寄せた眉はそのままだが、緩んだ口元が嬉しそうで、可愛らしいと思った。

「気持ちいいか……？」

孝祐の問いに、身体を揺らしながら、宗司が「ああ」と答えた。

かぶさっていた上体を起こした宗司が、孝祐の両足を抱え上げた。そのまま力強い動作で腰を送ってくる。目は開いたまま、孝祐の顔を見つめ、動き続ける。

孝祐に見つめられながら宗司が息を漏らす。厭(いや)らしく腰を動かし、悦楽に浸る姿が綺麗だと思った。宗司もこんな気持ちでいつも自分を見ていたのだろうか。そうだったら嬉しいと思いながら、自分の上にいる人を眺めていた。

やがて、宗司の表情が険しくなり、顎が上がった。小さく声を発しながら、駆け上がっ

ていこうとしている。グイ、と腰を押しつけられ、大きく回された。太い楔で中を掻き回され、孝祐のいい場所を掠めていく。

孝祐も背中を浮かし、宗司の動きに合わせて腰を揺らした。孝祐の太腿を摑む宗司の手に力が籠る。獣じみた行為で宗司が抽挿を繰り返す。

「ああ、……ああ」

天井を見上げた宗司が声を発した。激しく打ちつけていた動きが止まる。

「……は、あ、……っ、く、ああっ……っ」

最奥に打ち込まれた宗司の劣情が爆発した。荒く息を吐いた宗司の身体がドッと、上から落ちてきた。重なった胸がバクバクと鳴っている。

自分よりもだいぶ大きい男にかぶさられ、潰されそうな重みに耐えながら、その大きな背中に腕を回し、じっとしていた。

やがて、上にあった重みがふっと軽くなり、宗司が見下ろしてくる。

「……平気か？」

「今頃労わられてもな」

最中はどんなに待ってくれと頼んでも聞いてくれなかったくせにと言うと、宗司が笑った。

「平気そうだな」

「なんでだよ。平気じゃねえよ。足とか関節が外れそうだったんだぞ」

「外れてないだろう」

悪びれない態度の宗司を睨むが、まったく動じていない。

「男の身体だからな。多少手荒に扱っても壊れない」

「少しは労われよ」

「労わった」

「労わってこれかよ！」

孝祐の悪態に、宗司は片眉を上げた。

「お前はそんなに柔な奴じゃないだろう」

そう言って下りてきた唇で声を塞がれた。「弱音を吐くのはまだ早い」と言われ、キスを受け取りながら目を丸くした。

驚いている孝祐を見つめ、宗司が笑う。

「抱き潰すと言っただろう」

楽しげにそう言われ、舌を吸われた。再び大きな身体が圧しかかってくる。覚悟しろよ、と耳元で声がした。

朝、孝祐は人の動く気配に目を覚ました。

宗司が起きたのだと気づき、自分も起き上がろうとする。

「……身体痛ぇ」

腰が重く、足の間にはまだ違和感があった。関節のあちこちが軋み、動くたびに呻き声が出る。

「春画のモデルやった時よりダメージでけぇぞ……」

昨夜は宗司の言葉通り、抱き潰された。途中からの記憶も途切れている。頭は忘れても、身体は昨夜のことを全部覚えているらしく、孝祐が動くたびに関節が悲鳴を上げた。

「身体が辛いだろう。まだ寝ていろ」

ベッドの上で呻いている孝祐の頭を、宗司が撫でてきた。無茶をやったお前のせいだと目を上げると、宗司はすでに着替えていた。

「え、なに？　出かけんの？」

着ているのは昨日のままのスーツだが、完全に支度の出来上がっている姿を見て、孝祐は痛い身体を無理やり動かして起き上がった。

「ゆっくりしていていいから」

「宗司、どこに行くんだ？」

「部屋は今週いっぱい取ってある」

「や、別にそれはどうでもいいんだけど。つか、なんで今そんなこと言うんだ？」

寝ている孝祐を起こさずにいたのは、単なる労わりのためではない。宗司は今日、孝祐を置いて一人で出かけることをすでに決めているのだ。

「なあ、どこに行くんだ？　部屋探しに行くとかか？」

「いや」

「じゃあ、どこに行くんだ？　まさか帰るのか？」

「違う。もうあそこには帰らない」

キッパリとした答えに安堵するが、じゃあ、どこに行こうとしているのかと思う。

「家に帰らないにしても、このまま雲隠れするわけにもいかないからな。それには顔を出しときたいところがある。一ヵ所じゃない。あちこち回るから」

帰らないためにはやっておかなければならないことがあるのだと、だからお前はここで待っていろと言われた。

「だったら、俺も行くよ」

「来なくていい。お前が入れないところもあるから」

「それなら外で待ってるよ。一緒に行く」

付き添いのようにベッタリと側にいる気はない。一人で行動してほしくないだけだ。

「孝祐」

説得の声を無視してベッドを下りる。

「何をそんなに心配している？　俺は大丈夫だから」

「心配するよ！　だってあんた、危ないところへ行こうとしてんだろ？」

孝祐が寝ている隙に静かに支度を済ませたのは、孝祐が起きてこなければ、何も言わずに出かけようとしていたからだ。今週いっぱいホテルを取ってあるのだって、別に今言う必要がない。まるで宗司が戻ってこなくても大丈夫だと言っているように聞こえたのだ。

「危なくないところなら、別に俺がついてったって構わないよな」

クローゼットから服を出し、急いで着替え始める孝祐を眺め、宗司は苦笑とも溜息ともつかない、小さな息を吐いた。

「待ってろよ。勝手に行くんじゃねえぞ！」

置いていかれまいと慌てて身支度をしながら孝祐が叫ぶと、宗司が今度ははっきりと苦笑を浮かべた。

「分かったから。そんなに慌てるな」

「絶対だな。置いていくなよ」

「ああ、絶対に置いていかない。歯も磨くんだぞ。ちゃんと待ってるから」

親のようにうるさく説教する声には、笑いが混じっていた。

最初に連れていかれたのは、宗司の母親が入院している病院だった。

「俺があの家を捨てたら、一番被害を受けるのが母だから」

庸一にいいように利用され、自由も希望も全部取り上げられながら、それでも宗司が逃げられなかったのは、たぶんこの母親の存在があったからだ。

宗司一人なら何をしても生きていけるが、そうすれば残された母親がどうなるのか。庸一はそんな宗司の心情もちゃんと理解していて、宗司を縛っていたのだろう。同じように宗司の母親も、宗司を桐谷の家に繋ぎ止める道具として、庸一に利用されたくちだ。

病院の入り口を過ぎ、入院病棟へと入っていく。一つの病室のドアの前で宗司が止まり、「ここで待っててくれ」と言って、病室へと入っていった。部屋の前にあるプレートには「桐谷美佐子（みさこ）」の名前が一つあるだけだった。ここには宗司の母親しかいないらしい。

もともと病弱だった母親は、今は風邪（かぜ）から持病の腎臓疾患を悪化させ、その治療にあたっているそうだ。普段から薄氷を踏むような生活をしているが、疲れやストレスがすぐに体調に響いてくると宗司は言った。

孝祐は廊下にある長椅子（ながいす）に腰かけ、そこで宗司を待った。

どんな会話を交わすのかは想像するしかないが、きっと辛い話になるんだろうと思った。桐谷の家を捨てるということは、この病弱な母親も捨てることになるのだから。

座っている孝祐の前を、看護師や他の患者の見舞客が通っていく。ドアの開いている病室からは、話し声や笑い声が聞こえてきた。

宗司は自分の母親と、あんなふうに笑って話すことはあったのだろうか。庸一も少しは労わったりしていたのだろうか。初めから愛情のない夫婦だったと言っていた。寂しい家庭だなと思う。

看護師たちの足音や会話する声を聞きながら、ぼーっとしたまま椅子に座っていると、廊下の向こうから人がやってくるのが見えた。また誰かの見舞客が来たのかとそちらに目を向け、孝祐は固まった。

「……あれ？　君、こんなところにいたの。ほう、……ということは、宗司も来ているんだね」

昨日のことなどまったくなかったようにして、庸一がにこやかな顔で話しかけてきた。

「来るとは思ったんだけどね。よかった。すれ違いにならないで」

庸一は宗司が絶対ここにやってくると踏んでいたのだ。

そのまま病室に入ろうとするのを阻止しようと、孝祐は立ち上がった。扉の取っ手に手をかけた庸一の腕を摑む。

「……なに？　私は自分の妻の見舞いに来ただけだよ？　どうして邪魔するのかな」

「いや、今中で話をしているから、ちょっと、待ってあげて……」

「なんで？　話なら私も一緒に聞くよ。家族なんだから」

庸一が今病室に乱入したら、どんな毒を吐くか分からない。

「ああ、そうだ。君のやったことの迷惑料、凄いことになっているよ」

「え……？」

戸惑いながら聞き返す孝祐に、庸一が例の邪気のない笑みを浮かべる。

「そりゃそうだろう。契約の途中で逃げるし、うちの家族には迷惑をかけるし、おまけに溝口君に怪我を負わせちゃうし。全部の発端は君だろう？　払うの大変だね。今度のオークションでは、君の外への貸し出しはしないってさ」

溝口は逃げた孝祐を捕まえて、再びオークションに出す気なのだ。

「溝口君に見初められちゃったんだから、君、もう逃げられないよ。……可哀想に。彼は執拗だからね。それに、宗司が絡むと異常に執着するんだよ、あの男は」

こちらに向かって庸一がニコニコと話す。庸一の腕を摑んだまま、孝祐は声も出せずにいた。

「自分から連絡を入れて彼のところへ行ったほうがいいんじゃないかな。逃げるとほら、どんどんペナルティがついちゃうよ。悪いこと言わないから、ね？」

じわじわと恐怖が這い上がってくる。またあの地下の個室に入れられて、カメラの前で裸を見られ、値段をつけられるのか。その前に溝口は孝祐を犯そうとするかもしれない。

その時、病室のドアが音もなくスルスルと開いた。

「……入ってください」

ドアの向こうから宗司が顔を覗かせている。内側からドアが開くとは思っていなかったらしい庸一が、小さく口を開けている。

「ああ、宗司。来ていたんだね。昨日はあれから随分と大変だったんだ……」

「話があります」

庸一の言葉を遮り、宗司が庸一を病室にある椅子に招いた。硬い声を出す宗司に、庸一は一旦口を噤み、素直に椅子につく。表情は相変わらず温和なまま、動揺の色もない。

入り口に立っている孝祐に、宗司が入れと目で促した。小さくなって部屋の隅に立つと、ベッドに入ったままの女性が、静かに孝祐に目礼した。

パジャマを着た宗司の母は、化粧っ気はないが、整った顔つきは宗司と似ていた。だけど想像していたより……随分老けていた。病気ということもあるのだろうが、庸一と夫婦であることに違和感を覚えるほどだ。

椅子に座った庸一が、温和な声で「加減はどうだい」と妻に言っている。ベッドに入ったままの美佐子が、「だいぶいいです」と答えた。声はか細く、だけど温かいと感じた。

「宗司がお話があるそうですよ」

何かを言いかけた庸一が、「ああ、うん」と頷き、宗司のほうに顔を向けた。口元は笑顔のまま、目は笑っていない。

「だけど今話すことなのかな？　ほら、ここは病室だし、部外者もいる」

話の内容をある程度予測しているのか、庸一がはぐらかそうとした。孝祐の存在を示唆し、「家に帰ってから話せばいい」と言った。

「今、母にも伝えたのですが、お父さん、俺はあの家から出ていきます」

病室の中に、宗司の静かな声が響き渡る。

「桐谷の家を維持していくのに、今までかなり無理をしてきましたが、……これ以上は難しいです。これまでの負債分を、あの屋敷を売り、財産を整理することで精算しましょう。契約している税理士と相談して……」

「そんなことはできないよ」

これからのことを説明しようとする宗司の声を遮り、庸一が言った。

「あの家は代々桐谷家が受け継いできたんだ。私の代で失くすことはできない」

屋敷がなくなれば、今まで通ってきた無理も通らなくなる。財政が苦しくても、あの屋敷があるから金も借りられるのだからと、庸一がまるで小さな子を諭すように宗司に説明した。

「そうやって、屋敷を抵当にして金を回していくのに、限界がきているんですよ。それに俺はもう、あなたの尻拭(しりぬぐ)いをする気はない。維持していきたいのなら、どうぞあなた一人でやってください」

家も出て、書道家としての桐谷の名も返上する。一人で生活し、自分の道を進みたい。財産処理のための協力ならするが、それ以外は一切手を貸さないと、静かな声で、宗司が引導を渡した。

「お父さん、あなたは働いてください」

宗司の言葉に、庸一が驚いたように目を見開き、宗司を見つめた。

「……なあ、美佐子、あなたからも宗司に言ってやって。第一宗司、お母さんのことはどうするの。私一人ならなんとかなっても、お母さんに無理はさせられないよ。今だってこうして入院しているのに。そんな時にいきなりする話じゃないだろう？　とにかく、この話は一旦収めよう。屋敷を手放すにしても、今は無理だ。お前だってそれくらいは分かるだろう」

情に訴え、話を保留にし、宗司が問題を有耶無耶に済まそうとした。

「……先延ばしにしても構いませんよ。だけど俺はもう、あの家には戻りません。母にも話し、承諾を得ました」

宗司の声に、庸一が眉を顰め、溜息をついた。

「美佐子さんが承諾したとしても、そんなものに効力はない。私は承諾しないんだから」

冷え冷えするような声で庸一が言った。妻の名前を出したくせに、その妻の意向は認めないという。自分勝手な男の本性がここに出ていた。

「宗司。そんな勝手は世間では通用しないよ。帰らないって、教室はどうする。生徒さんを大勢抱えているんだよ？　それを自分の都合で何も言わずに辞めるのか？」

「あなたが教えればいいでしょう。経理については税理士に相談してください。書道協会のほうへは俺から事情を話しておきますから」

「ちょっと待って」

「アトリエにある画材は、そのうち業者に頼んですべて運び出してもらいます。その他の物は、処分してもらって構いません。しばらくは滞在先も転々とするでしょうから、定期的にこちらから連絡をしますので」

「だからちょっと待って。そんな、困るよ、宗司。お前はそんな子じゃなかっただろう。いったいどうしちゃったの……」

「不本意な仕事も、あなたに利用されるのも、もうこりごりだ」

何を言っても聞き入れない宗司に、庸一は不快そうに顔を歪めた。どんな無理を言っても、なんでも言いなりになってくれた機械のような息子が、急に言うことを聞かなくなってしまったことに、庸一が取り乱している。

「お父さん。……今まで俺はあなたに十分尽くしてきました。これからは、ご自分でなんとかしてください」

宗司がゆっくりと頭を下げ、庸一に礼をした。腰を折り、深々と頭を下げる姿は毅然として、美しくすらあった。

「行こうか」

部屋の隅で二人の攻防を見守っていた孝祐に宗司が声をかけた。

「宗司、待ちなさい。お母さんはどうするの。……お前、母親まで捨てるつもり？」

出ていこうとする宗司に、庸一の声が追いすがる。

「庸一さん、宗司のやりたいようにやらせてあげてください」

椅子から立ち上がり、宗司を追いかけようとした庸一を美佐子が止めた。

驚いたように振り返り、庸一が「何を言っているの？」と自分の妻を見ている。

「宗司はあなたを捨てようとしているんだよ？　もういらないんだって。なあ、酷いことを言うじゃないか」

自分の妻に話しかけながら、その実宗司を責めている。

「宗司、行きなさい」

美佐子の毅然とした声に、宗司の眉が寄った。そのまま振り返らず、ドアに向かう。

「駄目だよ、宗司。待ちなさい。……どうせ失敗するよ。お前は世間というものが全然分かっていない。桐谷の家から出て、何ができるというんだ」

出ていこうとする宗司の背中に、庸一が呪詛の言葉をぶつけた。

「親を捨てて、家を飛び出して、世間がなんて言うと思う？　すぐに泣いて戻ってくることになるよ。お前なんか、その程度なんだから」

ドアを開け、廊下に出る。閉まる瞬間「宗司っ」と、悲鳴のような庸一の声がした。


「……どうして俺は、あんな人が怖かったんだろうな」

しばらく無言で歩いていた宗司が、ポツリと言った。

「やらされていることは嫌だったし、いつも不満を持っていた。なのになんであんなにも言いなりになっていたんだろう」

茫然と呟く声は、いきなり催眠が解け、目が覚めた人のようだ。

「あの庸一って人は、そういう人の心の襞（ひだ）っていうか、そこにつけ込むのが異常に巧いから、生まれた時からあんなふうに操縦されて、宗司は刷り込まれたんだと思うよ」

孝祐でさえ、ほんの一瞬で庸一の毒気に当てられ、判断力を失ってしまうのだ。溝口たちのような恫喝（どうかつ）で人の力を奪うのとは違う、別の恐ろしさがあるのだと思う。

「だからさ、目を覚ましてよく見てみたら、なんだ、全然怖くなかったじゃん、みたいになったんじゃないか？」

「そうだな。……そういうものかもな」

隣を歩きながら、宗司が頷いた。とにかく、宗司は父親のロボットから、心のある人間へと変化を遂げたのだ。

「孝祐があの人に言われていたことも、あれは陽動の一つだからな」

「え……」

「溝口のことはもう考えなくていい。お前を動揺させて、それを見てただ楽しんでいただけだから。ああいうことが本当に巧いんだよ、あの人は。外側から聞いていたら、すぐに分かるのにな。自分に向けられると、分からなくなるんだ」

宗司の話を聞いてなんとなく納得した。孝祐の存在が面白くなかった庸一は、ああやって不安を煽るようなことを言い、孝祐が困る姿に溜飲を下げ、楽しんでいたのかもしれない。

俄かに気持ちが軽くなり、笑顔になる孝祐に、宗司が頷いた。

「そういや、宗司の両親っていうか、庸一と宗司のお母さんって、随分年の差がある夫婦なんだな。政略結婚って言ってたか。伝統のある家とか、大変だな」

病気や気苦労などもあるのだろうが、美佐子は庸一より十歳近くは年上に見えた。庸一は人に愛情を持つなんてことはしなさそうだし、その上あれだけの年の差での結婚だ。人の道に外れたことをしたとはいえ、宗司の実の父親と恋に落ちてしまったのも、なんとなく仕方がないような気もした。

「あの二人は同年代だぞ」

「へ？」

「同い年だ。二人とも五十八歳だ」

「……っ、ええ！」

驚いて声を上げる孝祐を、宗司が可笑しそうに見ている。

宗司と親子だと聞かされた時、庸一の若さに驚いたものだが、義理の関係だったと聞いて納得した。四十代半ばだと思っていたのが、五十代の半ばも過ぎ、還暦近いというのには驚愕した。

「やっぱり人間じゃねえな……あの男」

孝祐の感想に、宗司が苦笑する。

「なんというか、いろいろなものが、あの人の中で止まっているんだと思う」

桐谷家の存続、今の楽な暮らし、苦労をしない世渡り。自分以外の人を容赦なく使い、現状を維持することにのみ頭を巡らせる生活が、彼の中の時間を止めてしまったのかもしれないと、宗司は分析した。

「俺が子どもの時からあの人はあんな感じだったよ。多少は年を取ったが、周りの人よりもだいぶゆっくりだ。どうしてこの人は年を取らないんだろうと、不思議だった」

「なんか、……おっかねえな」

年齢相応に年を重ねられないということは、何か恐ろしく、どこか悲しい気がした。人としての大事なものが欠落した人間というのは、あんなふうになってしまうのだろうか。

「でももう、あの人との関わりもお終(しま)いだ」

さっぱりとした笑顔で、宗司が言う。

「でも、あの……大丈夫なのか？ お母さんのこと」

去り際に庸一が叫んでいた話は、宗司の一番の泣きどころだったと思う。母親の存在があったから今まで宗司は庸一の言いなりになり、身動きができないでいたのだ。

「ああ。気がかりではあるが、そっちのほうは考えがあるから」

「そうなの？」

孝祐を見返してきた宗司が、ゆっくりと頷いた。

「母もこのままの生活が続けていけるとは思っていないからな。とりあえず、父に知らせずに病院を移ってもらおうと思っている」

宗司は母親の今後のことをちゃんと考えていて、庸一が病室に入る前にそれを母親に伝えていたのだ。

「全部父のせいにして、被害者ぶって思考を停止させていたんだ、二人して。そのことを話した。まずは俺と同じ、あの人から離れなければいけない」

洗脳はそう簡単に解けない。今決心をしたところで、繰り返し呪詛を囁かれれば、また同じことになるだろう。その前に逃げなければならない。

「あの人に知られたら、全力でぶら下がってくるだろうから。今度こそ水面下でやらないとな。入院している今の状況がかえって幸いした」

二人並んで早足で歩いていく。背の高い宗司は歩幅も大きくて、並んで歩くのに、孝祐の足は飛ぶようにして地面を蹴らなければいけなかった。

「まあ、母は直情タイプじゃないし、あの人も手荒なことはしないとは思うが」

「そうだな。どっちも壺を振り上げたりはしなさそうだ」

孝祐が言うと、宗司はジロリと孝祐を睨み、「俺だってやらないよ」と言う。

「嘘つけ、俺、昨日見たもん」

「あれは特別怒った時だ。お前が絡んだ時だけだって言っただろう」

憮然として宗司が言い、孝祐はニヤけてしまう顔を隠さないといけなくて、宗司の隣で飛ぶように歩きながら、自分の足元に目を落とした。

新宿のビルの前にいた。以前幸田に連れられてきたところとは違ったが、ここは溝口の事務所が入っているビルだ。

宗司は孝祐に待つようにと言い置いて、一人でビルの中へと入っていった。春画のこと、庸一との諸々の取引のこと、それから孝祐のことと、すべての清算を済ますと言い、必ずケリをつけてくるからと消えていった。

孝祐は一緒に行くことを拒絶され、少し離れたコーヒースタンドで待っていたのだが、居ても立ってもいられなくなり、ビルの前まで来てしまった。宗司がここに入ってから、一時間近くが経っている。

心配をするなと言われたが、それは無理な話だ。相手は暴力団で、あの溝口なのだ。腹違いとはいえ血の繋がった弟を食いものにしてもなんとも思わない奴だ。いや、むしろそんな関係だからこそ、宗司を憎み、嫌がらせを繰り返しているのかもしれない。

入っていこうかどうしようかと、ビルの辺りをうろつく。孝祐一人が乗り込んだところで、どうにかなるものではないのは承知だ。だけどもし中で宗司が痛めつけられているようなことがあったらと思うと、気が気ではない。

昨日宗司は溝口を殴り飛ばしているのだ。執念深い男だから、当然報復をするだろう。どうすればいいかと考える。孝祐が出ていったら、溝口は宗司の無事と交換に、孝祐の身体を要求するかもしれない。宗司が激昂することが分かっていて、わざとそんなことをしてくる奴だ。やはり行かないほうがいいのだろうか。でも……。

ビルの前でウロウロしている後ろから、肩を叩かれた。振り向くと、溝口の店で会ったことのある、スキンヘッドの男が立っていた。目の横に傷のある男は、凶悪な人相をしたまま孝祐を睨んでいる。

「来い。溝口さんが呼んでいる」

警戒して身体を固くする孝祐を残し、スキンヘッドがビルの中へ入っていく。振り向きもせずに、ついてこないならそれでも構わないという足取りだ。一瞬の迷いを振り切って、孝祐は男を追いかけた。

溝口の事務所は十二階建ての最上階にあった。奥にある部屋へと案内される。会議室のような部屋の奥に、溝口がいた。窓際に大きな机があり、そこに座っている。部屋の中は明るく、想像していたやくざの事務所とは少し違っていた。掛け軸も日本刀もなく、虎の毛皮も敷かれていない。

壁際には強面の男が八人、直立不動で立っている。その中に昨日宗司に吹っ飛ばされ、壁に激突した男がいた。頭に包帯を巻いている。

机の前にある応接セットのソファに、宗司がいた。

「宗司……」

部屋に入ってきた孝祐に宗司は一瞬瞠目し、すぐに硬い表情に戻った。孝祐が連れられてきたことを知らなかったらしく、鋭い目で溝口を睨みつけている。

「入りたそうに表をウロウロしてたからよ、招待したんだよ」

溝口はニヤニヤしながら宗司にそう説明した。

「お前もな、自分が相当目立つってことを、自覚したほうがいいぞ。ここにいます、捕まえてくださいって言ってるようなもんだ」

相変わらず真剣みのないにやけ顔で、溝口が孝祐を見た。

「昨日はよくも逃げてくれたな。せっかくお楽しみだったのによ。うちの人間に怪我までさせて、おまけに俺まで殴られたんだぞ。酷えよな、兄ちゃんを殴るとは。なあ、宗司よ」

口調は軽く、声音と顔は笑っているが、腹の底は煮えくり返っているのだと思う。

「どう落とし前をつけてやろうかと考えていたら、そっちのほうから訪ねてきたから、お、殊勝に謝りにきたのかと思って話を聞いてやってるんだが」

ふんぞり返っていた溝口の身体が前に乗り出す。面白そうに笑いながら、「それがよ、全然逆のことを言い始めたから、驚いた」と言った。

「お前のことも絵のことも、これからの取引のことも、全部チャラにしろだとよ。自分はもう手を引くから関係ないときたもんだ」

心底可笑しそうな声で溝口がしゃべっている。

「そんで、お前の先輩のこともよ。手を引けってさ」

溝口の言葉に孝祐は驚き、宗司の顔を見た。

「つけ回すのをやめろってよ。説教されちまった。お前、随分俺の弟に愛されちゃってるんだな」

椅子に座ったままふんぞり返り、溝口が大きな声を上げ、笑っている。

「まあ、そっちはどうでもいいんだ。お前をオークションに出したことで、一応許してやってるからな」

そう言って「な？　俺って寛大だろう？」などとニヤついた顔をする。

「んで、あの家を出てどうするつもりなんだ？」

「お前には関係ない」

「だから組に入れよ。面倒みてやるって言ってんだろ？」

「死んでも嫌だ」

溝口は宗司を自分の配下に引き入れたいと、スカウトをしていたらしい。

顔だけ見れば立派なやくざだし、いざという時の捨て身の暴れぶりは溝口自身が体験している。これは使えると踏んだのだろう。その無節操な考えの軽さは、賞賛に値する。

「絶対向いてるって。俺の弟なんだしよ」

「だから嫌だと言っている。話が進まないだろう、さっきから」

何度も同じやり取りが繰り返されていたらしく、溝口は溜息をつきながら椅子に身体を沈ませた。

「しかしあの家を出て自立するなんざ容易なことじゃねえぞ。やるならもっと早くにやれって、俺は何度も忠告したはずだが」

「お前は俺の言うことを全然聞かねえもんな。手え貸すって言ってんのによ」

呆れたようにそう言って、「なあ、お前からも言ってやれ」と、今度は孝祐に矛先を向けてくる。

「なんだかんだ言っても、こいつは世間知らずの坊ちゃんなんだからよ。なんの援助もなしに自立は難しいだろうが」

だから力を貸してやると、溝口が説得しているのだ。

「本人が出るって言ってんだからいいじゃねえか。時期とか関係ねえし、そりゃ五十も過ぎてから自立しますってんなら大変かもしんないけど」

あの家に残り、飼い殺しのような生活を続けるくらいなら、苦しくても自分で生きると宗司は決めたのだ。それを邪魔する権利は誰にもないと思う。

それに宗司が溝口の組なんかには絶対に入るわけがない。あれほど毛嫌いし、憎んでさえいるのに。その上庸一に加担して一緒に搾取していたくせに、よくそんなことが言えるものだ。

「まあ、どうしてもうちに来たくねえっていうんならしょうがねえけど。じゃあ落とし前はどうつけるんだ？　このまま全部チャラってわけにはいかねえよな」

説得を諦めた溝口が、話を切り替えた。これが駄目なら代わりなるものをと、代替え案を要求する。損をしないようにするのがやくざの生業だ。俺の欲望はどうしてくれるんだよ。せっかく手に入ったのによ」

「それに桐谷の話と、そっちの孝祐の話は別物だ。孝祐はオークションで俺が落札したところで商談は成立している」

「だから、その孝祐を俺は昨日親父さんから買い受けたんだよ。寄越せよ。だったら諸々をチャラにしてやってもいいぞ」

「……孝祐には手を出すな」

宗司が低い声を出す。壁際に立っていた男たちが一瞬にして身構えるほどの気迫を放ち、溝口を睨みつけている。

そんな宗司の視線を、溝口は何事もないようにして受け止めた。

この二人はやはり兄弟なのだと、対峙する宗司と溝口の姿を眺めながら、孝祐は思った。宗司に言ったら絶対に嫌な顔をするだろうが、二人は似ている。

「……しょうがねえなあ」

溝口が肩を竦め、「じゃあ、指詰めるか」と言った。

「それぐらいの覚悟を持って来たんだよな」

確かめるように溝口が宗司の顔を見つめ、それから壁際に立つ舎弟の一人に「用意をしろ」と言った。宗司はソファに座ったまま動かず、何も言わない。

「あーあ、まったく頑固で参っちまうよ」

「……おい、それはねえだろ？　宗司は一般人だぞ。あんたらの流儀を持ってくんなよ」

思わず割って入った孝祐に、溝口は表情を変えずに「しょうがねえだろうが」と言った。

「孝祐は渡さない、仕事は断る、組にも入らない。そんでハイさようならは、通用しねえ。うちの奴も怪我してるしよ。俺が十分譲歩して、お前を寄越せばチャラにしてやるっていうのも撥ねつけたんだ。素人だろうと、けじめはつけてもらうしかねえんだよ」

一時間近くかけて、溝口はどうにか事を穏便に済まそうと、宗司を説得していたのだ。だが、宗司は溝口の勧誘にもまったく応じず、結局最終案を出すしかなくなってしまった。そして宗司は初めからその覚悟でここに来たのだと、孝祐は気がついた。

部屋を出ていった男が道具を持って戻ってきた。まな板と短刀と、氷の入った容器を宗司のいるテーブルの上に置いた。

「ちょっと待って。宗司、駄目だって」

氷の入った容器に左手を入れている宗司を、孝祐は懸命に説得した。

「こんなんおかしいって！　なあ！　溝口さん、止めてやってくれよ」

溝口に懇願するが、溝口は腕組みをしたまま何も言わない。流石に顔からは笑みが消えていて、宗司のすることを眺めている。

「左手だから影響はない。平気だ」

数人の男が妨害する。

「やめろよっ！」

宗司の腕を引っ張り、冷やしている容器から出そうとする孝祐を、数人の男が妨害する。後ろから羽交い締めにされて引きずられ、それでも暴れる孝祐を見て、宗司が「そいつに触るな！」と怒鳴った。

自分は指を詰められようとしながらも、独占欲を剝き出しにして、宗司が男たちを睨みつけている。

「切ったやつを氷詰めにして、すぐに病院に持ってってたら、くっつけてくれるぞ？」

「そういう問題じゃねえだろっ！　だったら切るなよ！」

溝口に呑気なことを言われて孝祐が怒鳴るが、溝口は顔色も変えずに「そうはいかねえんだよ」と止めてくれない。

「自分で選んだんだ。落とし前はつけてもらう。そろそろ感覚なくなったか？」

氷で冷やした左手が、まな板の上に載せられた。

「そんだけの覚悟があるんなら、組に入りゃいいのによ。マジで頑固だ」

宗司に近づいた溝口が、苦笑いをしながら短刀を手にする。

「じゃあ、本当にやるぞ？　覚悟はいいか？」

「ああ」

宗司が目を瞑った。

「なあ、やめてくれ。溝口さん、俺、……あんたのものになるから。オークションにも出るし」

「……あ？」

突然の孝祐の提案に、溝口が間抜けな声を出して、こちらに顔を向けた。

「俺のもんになるってか？」

「ああ。見逃してくれたら、俺をあんたの好きにしていいよ。だから、中止してくれ」

「……俺はいいけどよ」

「孝祐っ！　許さないぞ！」

部屋が揺れるほどの大声で宗司に怒鳴りつけられるが、聞く気はない。

「おい！　溝口、やれっ！　切れよ！　早く」

「やめろって！　指詰めんなよっ！　取り返しのつかないことになるんだぞ！　俺はちょっとの我慢で済むんだし！」

「駄目だ。許さない」

「こっちのセリフだ」

「孝祐っ！」

「うるせえっ！」

怒鳴り合う二人を周りの全員が呆気（あっけ）に取られて見物している。

「……あーあー、分かったから二人とも黙れ」

ドスをテーブルに置いた溝口が、うるさいというように耳に指を入れている。

「人の事務所で痴話喧嘩なんかしてんじゃねえよ。お互いが大事だってか？　恥ずかしいからやめてくれ」

まったくよ、と呟きながら思案するように溝口が天井を見上げた。

「じゃあさ、しょうがねえからもう一つだけ条件をつけてやる。お前がこれを呑めなかったら、孝祐は俺がもらう。本人が言ってんだ。そっちのほうが俺に旨味があるもんな」

物凄い勢いで宗司が立ち上がった。殴りかかっていこうとするのを舎弟二人が引き留めるが、すぐさま宗司に振り回されて、吹っ飛んだ。

「待て待て待て、ここで暴れたら元も子もねえだろうが。だからまずは話を聞けって」

諸手を上げて降参のポーズを作った溝口が「落ち着けよ」と宗司に言っている。

「しかしマジでその力欲しいな。やっぱり組には入らないか？」

しつこく勧誘する溝口を、宗司が無言で睨みつける。再び拒絶された溝口が、クックツと喉を震わせて笑った。

「まあ、いいよ。そんで条件ていうのはな、宗司、お前……親父に会え」

剣呑な顔つきで溝口を睨んでいた宗司の表情が止まった。予想外の条件に、宗司が呆けたような顔をする。

「話は親父に預ける形にする。……もうそれしか収まりつかねえだろ？」

どの要求も受けつけず、指を詰めるしかケリがつかないなら、話を上に持っていくしかないのだと、溝口がいつになく真剣な声で言った。

「とりあえず、お前の覚悟は分かった。だから親父んところへ行け。……もう二十年近く会ってねえだろ。お前が会いたくないって拒否してるから」

溝口が舎弟の一人に、車を用意しろと命令している。それから宗司の肩に手を乗せ、小さな声で囁いた。

「しゃべりたくなきゃ一言もしゃべんなくていいよ。ただ顔を見せてやってくれ。そんで、親父の話、ちょっとは聞いてやってくれねえか。……どうだ？　この条件」

立ち尽くす宗司を見つめ、「これで俺とお前との話はチャラだ」と、溝口が言った。


溝口の事務所から車で三十分ほど行った邸宅の前で、孝祐は宗司を待っていた。

車の中で待機する孝祐の隣には、溝口が座っている。絶対に手を出すな、触るな、話もするなと言い置いて、宗司は父親に会いに家の中に入っていった。溝口はそんな一方的な命令は聞かないと、さっきからしつこく話しかけてはきたが、手は出してこなかった。冗談でも迂闊な行動をとれば、惨劇が起こることを予測しているのだろうと思う。

宗司の実の父親の家は、桐谷の屋敷ほどではなかったが、それでも十分大きな屋敷だった。溝口が持つ事務所のさらに上にある組織の幹部が、二人の父親だった。

「何度かあいつを引き取りたいって親父が打診したそうなんだけどよ、本人が頑なに拒否するもんだから、諦めたんだよな。親父から金を引っ張り出す道具ぐらいの扱いだったのに、完全に洗脳されてな」

自分の手駒になるようにと育て上げ、金づるにもなる宗司を、庸一が手放すはずもなく、宗司は庸一の言うままに実の父親を憎むようになっていった。

「まあ、こっちも世間に誇れるような商売してねえからな。仕方ないんだけど。だから、あいつの周りをウロチョロして、いろいろ探ってたわけ。やっぱりな、半分でも血が繋がってるわけだし」

「弟思いな俺」をアピールする溝口だが、その弟に春画を描かせて売りさばき、宗司と孝祐との関係を察していながら、横から奪っていこうとしたのは事実だ。

「そのわりには弟に対する仕打ちがえげつねえけどな。あんたさっき本気で宗司の指を詰めようとしただろ」

「それはそれ。しょうがねえだろ。あいつ頑固だしよ。こっちにも体面ってもんがある」

「体面で弟の指詰める兄貴なんかいない」

溝口が苦笑し、車の外に目を向けた。

「何話してんだろうな。和解、とまではいかねえでも、ちょくちょく顔出してくれるようになりゃいいんだけどな」

どんな経緯で宗司が生まれることになり、桐谷と溝口の間でどんな取り決めが行われたのかは溝口も知らないという。ただ、溝口の父は宗司が生まれたことにきちんと責任を取ろうとし、その母親のこともちゃんと気にかけていたのだと、溝口は言った。

「まあ、それもあの庸一がどうせいろいろと画策したんだろうけどな。ありゃあたいした悪人だぜ」

溝口も庸一の本性は知っていて、あえて付き合いを持っていたようだ。やくざに悪人呼ばわりされる庸一も大概だが、その庸一を利用して金儲(かねもう)けをしていたのだから、溝口もやはりやくざだ。

「しかしあの宗司がなあ。えらくまた急に脱皮したもんだ」

長年かけて溝口の父親や溝口自身が呼びかけても、頑なに庸一の教えを守り抜いていた宗司が、たったの数日でガラリと考えを変え、行動を起こしたのだ。

「愛の力ってやつか?」

溝口は自分で言っておいて、「ケッ、くだらねえ」と吐き捨てている。

「たぶん、本当に爆発寸前なところに、ちょっとしたきっかけができたからなんじゃないかな」

このままでいいわけがないと、出口を模索していたところに、ほんのわずか光が見えた。

「誰も信用できない環境の中だったから、俺みたいになんの関係もない奴の声のほうが、よく聞こえたんだろうと思うよ」

孝祐の分析に、溝口が「ふうん」と気のない返事をした。

「なんでもいいけどな。出るって決めたんだから、まあ、頑張ればいいよ。俺はやくざだからよ、利になることはなんでもする。それが仕事だからな。だが……まあ、なんつーか、助けてくれって言うなら、なんとかしてやりたいっていうぐらいには、俺も親父も情は持ってるつもりだ」

あいつは嫌がるんだろうけどな、と溝口が笑って言う。

いい加減な男だが、半分血の繋がった兄として、宗司のことをずっと気にかけていたのは本当らしい。

「その辺のことを、あいつの代わりにお前が覚えておいてくれ」

そう言って「頼むわ」と、肩をポンと叩かれた。

「でも起伏の激しい奴だからよ、お前大変だぞ？　嫌になったらいつでも逃げきていいんだぜ。俺が可愛がってやるから」

ちょっと見直しかけたがやはり油断のならない奴だったと、肩に置かれた手を払いのけたところで、コンコン、と車の窓がノックされた。外に宗司が立っている。

「お、話終わったのか？　どうだった？」

溝口を一瞥した宗司は、そのまま隣にいる孝祐に視線を移した。

「孝祐、降りろ。帰るぞ」

「おい、挨拶もなしかよ」

強引に車のドアを開け、孝祐を引きずり出すと、行こうと言って歩き始める。

相変わらず大股でスタスタ行ってしまう後ろを慌ててついていく。振り返ると、溝口が呆気に取られてこちらを見ていた。肩を竦め、小さく片手を上げている。宗司の代わりに一応会釈をして、また小走りで宗司のあとを追った。

「話したのか？　親父さんと」

「ああ」

「どんなだった？」

「よく分からない」

真っ直ぐに前を向いたまま、宗司が抑揚のない声で言った。

「突然のことだったし、向こうも困惑していた。何を話せばいいのか分からない状態みたいだった。元気かとか、そのくらい」

「そうかもな。二十年ぶりとか言ってたし」

指を詰めるか、孝祐を渡すか、父親に会うか、という選択肢の中、仕方なしに選んだ再会だ。お膳立ても何もなく、突然訪ねていったのだから、向こうも驚いたことだろう。

「だけど、……会ってよかったのかもしれないな」

「そう？」

　隣を歩いている宗司の顔を覗き見ると、彼は困ったような、拗ねたような、頼りない表情をしていた。その顔は、宗司の今の心情そのもののようだ。

「桐谷の父が言っていたのとは、だいぶ印象が違っていた。年を取ったこともあるだろうが。……二人きりで顔を突き合わせたことがなかったから」

　庸一に長年実の父親のことをいろいろと吹き込まれてきたのだ。宗司の中に出来上がっていた父親像がすぐには変えられないのは、仕方のないことだと思う。

「またいつか機会を作って会えばいいよ。今度はゆっくりと」

「そうだな。急ぐことはない」

　うん、と相槌を打ち、早足で宗司の隣を歩いている孝祐を、宗司が見つめてきた。

「何？」

　見上げると、宗司の顔が柔らかく解け、笑顔になった。「どうした？」と聞く孝祐に向けて、宗司が左手を翳してくる。

「お前のお蔭で指が助かった」

　そう言って笑い、「ありがとう」と礼を言われた。

「……そうだよ。無謀なんだよ。あん時、滅茶苦茶焦ったんだからな」

「しかし代わりに自分を好きにしろというのはいただけないぞ」

「仕方ねえだろ」

歩きながら口論が始まる。

「もっと自分を大切にしろ」

「お前が言うな。本当、何考えてんだよ、馬鹿が」

馬鹿と言われた宗司がジロリと睨んでくる。

「だってそうだろ？……指なんか詰めたら、就職とかすげえ困ることになるんだぞ。これから部屋を借りて、職を探して、自立の道を模索するんだろ？指とか詰めてる場合じゃねえんだよ。だいたいなあ、宗司はやることが極端なんだよ。本当な、あんたこそもっと自分を大事にしてくれよ」

孝祐の説教を、宗司が神妙な顔で聞いている。

「まったく。暴走型はこれだから目が離せないんだよ」

「孝祐、一緒に住もうか」

「そしていきなり話題が変わるのな！　驚かねえけどさ。いいよ」

孝祐の速攻の快諾に、宗司が笑った。

「俺も言おうと思ってた」

「だって、宗司一人にさせとくと、何やらかすか分かんねえもんな」

「そうか」

「そんなことはない」

「そうだって。今日だって俺がああ言わなきゃ、お前指無くなってたんだからな！　まったく。油断も隙もないんだから」

孝祐の説教に宗司が肩を竦め、「じゃあ、見張っておいてくれ」と言って、笑った。

「職探しとか、焦んなくていいからな。俺も居酒屋辞めなくて済むことになったし。なんなら俺が養ってやるよ。お前の絵が売れるようになるまで」

「それだと一生養う羽目になるかもしれないぞ」

「売れるだろ。宗司の描く絵は綺麗だし。絶対売れる」

孝祐の確信を持った声に、宗司が目を細めた。

「そうだな。頑張ってみるか」

「うん。期待してる」

どの辺に住もうかと、相談しながら二人で歩く。

先のことはまだ何も決まっていない。その上問題は山積みだ。桐谷の家の処理も、庸一とのことも、それから宗司の母親のことも、全部解決していかなければならない。

だけどなんとなく、これからはいいことばかりが起こるような予感がするのだ。

それは隣に並ぶ、頼りになりそうで案外そうでもない男が、とてもいい笑顔をしているからだ。

出会った時の、あの凍ったような表情は、今はどこにもなく、優しい顔をして孝祐を見つめてくる。

「とりあえずは、飯食うか。宗司、腹減らね？」

「ああ。減ったな。何を食おうか」

二人でいると会話が絶えない。どんな小さなことでも二人で相談し、これからもそれは繰り返される。

部屋を借りて一緒に寝て、孝祐は宗司のために毎日飯を作るのだろう。ああ、そういえば、こいつの好物を聞いていなかったのだと思い出す。

新居に引っ越したら、それを最初に作ってやろうと考えて、孝祐は横で笑っている男の顔を見上げ、早足で歩を進めた。

縄酔い

部屋の鍵を開け、照明のスイッチを押す。孝祐はまだ帰っていない。今日は早番だと言っていたから、もうすぐ戻ってくるだろう。

宗司は荷物を置き、キッチンに入った。先に帰ってきたほうが米を研いでおくというのが、一緒に暮らし始めてからの約束事だ。

孝祐は以前と同じ居酒屋に勤めながら、昼にもカフェでのアルバイトを見つけ、交互に行っている。来年の春からは昼の仕事のみに移る予定だ。そして夜は高校に通うとして、今はその準備をしているところだ。

専門学校なども調べてみたが、本人が何をやりたいのかがまだ決まっていない。とりあえずは途中で辞めてしまった高校に入り直したいと言い、宗司も賛成した。これからゆっくり自分の進みたい道を模索していけばいいと思う。

宗司はというと、今は駅ビルにあるカルチャーセンターで週に数回の硬筆の講師をしている。それもやっと見つけた仕事で、生活のほとんどは孝祐に頼っている状態だ。

加盟している書道協会からの仕事は、すべて庸一によって妨害された。

桐谷の家で書を教えていた生徒について、懇意にしていた連盟の講師に生徒の受け入れを打診したのだが、すべて断られた。協会の重鎮に、勝手なことをするなと叱責され、家に戻るようにと説得もされた。生徒には一人一人詫び状を書き、頭を下げて回った。

家を飛び出してみて、自分の住む世界がいかに小さかったかということを、思い知らされている。庸一の影響の及ばない場所は、当初どこにもなかった。それでも今は、少しずつ変わりつつある。自立というには程遠く、だが、自分の足で立とうと、孝祐や、他の人の手を借りながら、なんとか踏ん張っているところだ。

研いだ米を炊飯器にセットしリビングに戻り、鞄から書類を取り出した。大学時代に世話になった講師の紹介で、植物図鑑の挿絵の仕事をもらえることになったのだ。日本画のほうも、本格的に描ける環境を整えられるように、これから考えてくれるという。そうやって少しずつ自分だけの地盤を固めていければいい。

持ち帰った書類の確認をしていたら、家に置いてある電話が鳴った。

普段の連絡は新しく契約した携帯に入ってくる。部屋の電話にかけてくるのは、だから一人だけだ。連絡手段を全部絶ち、音信不通にしてしまうのはよくないと、ある人に助言を受けた。すべての繋がりを絶ってしまえば、騒ぎが大きくなるだろうし、相手の行動が分からなくなるからと。

けたたましく鳴り続ける呼び出し音が、あの人の苛立ちを伝えてくるようだ。今日あたり連絡が来るだろうと思っていた。

『……どういうこと？　斉藤って弁護士から連絡が来たんだけど』

宗司が何も告げないうちに、相手がしゃべり始めた。聞きなれた声だが、今は遠い存在に感じる。

『離婚の協議ってなに？　財産分与だなんて、美佐子がそんなことを言ってくるはずがないだろう？　しかも勝手に転院させて。どこにやった？　お前も会長に連絡していないそうじゃないか。何をしているんだ』

矢継ぎ早に言葉を出され、こちらが口を挟む暇もない。普段のおっとりとしたしゃべり方とは違い、庸一がかなり苛立っているのが窺えた。

「これからはすべて代理人が間に入りますから、連絡はそちらへお願いします」

宗司の冷静な声に、「そんな話は聞いていないよ」と、きつい言葉が返ってきた。

「母の身体にも障りますので、入院先も教えられません」

電話の向こう側で、庸一が大きな溜息をついている。

『お前のやったこと、会長もだいぶ怒っているよ。私ばかりじゃなく、協会全体に後ろ足で砂を蹴ったことになるんだぞ。お前もう、書の世界に帰ってこられなくなるよ？　後ろ盾のないお前の絵を買う人だっているものか。私の口添えがあったからこそ、絵を描いていられたんだよ？　自分がどれだけ恵まれた環境にいたのか、もう一度よく考えなさい』

脅しと懐柔。どれだけ周りに迷惑をかけるのか、その後始末の煩雑さ。今までずっと宗司が受け入れてきたことで、今も庸一はそれが通用すると思っている。

本当に、どれだけ好き勝手に人を動かしていけると信じているのか。そして自分はそんな人にずっと呪縛されていたのかと、自分の弱さと愚かさに可笑しくなった。

『あの斉藤って弁護士、溝口の口利きなんだって？　恥ずかしいと思わないのか。お前も美佐子も、あの男にどんな仕打ちをされたのか、忘れたわけじゃないだろう。それを、よりにもよって……』

「斉藤さんにすべてお任せすると、母が言っていました。それから財務処理のほうも、別の弁護士から連絡が行くと思いますので、そちらに従ってください」

『いつまで拗ねているんだ。こんなことをして、お前の将来だって滅茶苦茶になるんだよ』

「構いません」

『宗司……ッ』

「それに、拗ねているわけではありません。現実を見ているんです。時機を無理やり延ばしても、傷が広がるだけですよ。今ならまだ屋敷を手放すだけで済むんですから」

『そんなわけにはいかないと言っているだろう』

「あなた一人が細々と暮らすぐらいはなんとかなるはずです。免状だってあるんだし、選ばなければ仕事はいくらでもあるでしょうが」

このままでいられるはずがないのだ。この人はそれを理解しようとせず、時間を止めたまま、自分だけは変わらずにいられると思っている。

　愚かで悲しい人だ。

「とにかくあなたも自立する道を選んでください。俺はもう手を引きます」

　電話の向こうが静かになる。絶対に崩れることのなかったあの温和な表情が、今はどんなふうになっているのか。

『……お前のそれは自立とは言わないよ。一人で生活してみせるなんて言っておいて、結局は溝口に頼っているんじゃないか。大口を叩いていたのが、呆れるね』

　痛いところを衝かれるが、今は庸一のそんな言葉にも心は乱されない。

　庸一の言う通り、家を飛び出してみても、自分一人では就職することさえ困難で、生活もままならなかっただろう。

　以前も同じように逃げ出し、庸一の妨害によって連れ戻された。四方を取り囲まれ、すべての道を塞がれても、宗司が絶対に溝口を頼らないと、庸一は知っていた。だから余裕でいられたのだ。

　だが、今は違う。

『一人じゃ何もできないんだろう？　情けないと自分でも思わないのか？』

　派遣した弁護士も、母の転院の口利きも、今住んでいるマンションも、すべて溝口側からの助けの手が入っていた。絶対に頼らないだろうと高を括っていた相手に宗司が寝返ったことに、庸一は焦っているのだ。

『お前がそんなにプライドのない人間だとは思わなかったよ』

「そうですね」

今までの自分だったら、死んでも溝口の手など借りなかっただろう。口を利くのも、顔を見るのさえ許せなかった相手だ。

それを覆したのは孝祐の言葉だった。

――自分の出生に拘っているうちは、なんにも変わんねえよ。庸一はそこにつけ込んでるんだからさ。宗司の父親が誰で、兄貴が誰かなんていうのは、変えようがない事実なんだよ。まずは事実だってことを認めるところから始めてみたら？

孝祐にそう言われた時に、頭を鈍器で殴られたような衝撃を受けた。

宗司のこの頑なな憎悪こそが、庸一が打ち込んだ最大の楔なのだと、宗司はその瞬間にはっきりと理解したのだ。

「あなたから離れるために、ちゃちなプライドは捨てました。だからもう、俺のことは諦めてください」

受話器の向こう側で、庸一がまだ何かを言っている。どんな言葉にも心が揺らぐことはなく、あとは弁護士にと言って、宗司は受話器を置いた。

シンとした部屋の中で、宗司は大きく溜息をついた。受話器を握っていた手には、少し汗をかいている。まだもう少し、すべてから解き放たれるには、時間がかかりそうだと、両手で掌を擦り、宗司は汗を拭った。

その時、玄関のほうでガチャリと鍵が鳴る音がした。「ただいま」という元気のいい声が聞こえ、足音が近づいてくる。

「宗司も今帰ってきたとこか？　じゃあまだ米とか研いでない？　大学の先生の話、どうだった？」

リビングに入ってくるなり、孝祐が話を始める。今し方の庸一と同じようでいて、まるで違う。庸一は宗司の主張を潰し過去へ引き戻そうとし、孝祐は未来へ進もうとするのだ。

「ああ。少し前に帰ってきた。米は研いでおいたぞ」

「そうなんだ。サンキュ」

「大学のほうも、仕事を一つ任された。図鑑の挿絵。わりと大きい仕事だ」

「そうか！　よかったな」

孝祐が大きな笑顔になる。仕事がもらえたことより、宗司が自身で動き、結果を得られたという事実が嬉しいのだと分かる。

「急いで飯の支度するから。今日は乾杯だな」

「ああ。手伝うよ。飯はなんだ？」

キッチンに入っていく孝祐のあとを追い、一緒に夕飯の支度にとりかかった。

「鍋。そろそろそういう季節だろ？」

「そうだな。今日は割合寒かった」

「宗司ってさ、家で鍋とかしたことあるか？」

孝祐の質問にちょっと考えてから、「そういえばないな」と答えると、「やっぱり」と言われた。

「食べたことはあるぞ」

「そりゃあるだろうけどさ。あの家であんたらが鍋つついているところとか想像できねえから」

冷蔵庫から材料を取り出しながら、孝祐が屈託ない調子で言った。

「コンビニのおでんは？」

「ない」

「スタンドの蕎麦」

「ないな」

「牛丼」

「それはある」

「家政婦さんが作ってくれたとか、老舗の店の高級肉とかじゃないやつだぞ」

「……ない」

宗司の返事を聞き、孝祐がクスクスと笑った。ファストフードやコンビニ飯など、宗司が口にしたことのない物を確かめては冷やかしてくる。

「じゃあ、もうちょっと寒くなったら、おでん買おうな。これが結構美味(うま)いんだ」

そして自分がそれを体験させてやると、威張りながら仕切ってくるのだ。

「本当、宗司って箱入りだよな。そんな顔してんのに」

「どんな顔だ」

「やくざ顔」

失礼な、とは思うが言われていることは間違ってはいないので、苦笑するしかない。それに、孝祐が美味いぞと言って勧めてきた料理は、どれも確かに美味いので、文句もなかった。

「でも本当、仕事の話、上手くいってよかったな」

「ああ。卒業時に不義理をしてしまったからどうかと思ったが、気にかけてくれていたみたいだ。連絡をしてみてよかったよ」

あの時も庸一に邪魔され、日本画家としての道を諦め、家に戻った。母がちょうど体調を崩したこともあるが、何よりも周りから一斉に攻撃を受け、心が萎(な)えてしまったのだ。

世話になっていた大学の講師はその当時、宗司にやる気があるなら自分の流派に招き入れ、そこから展覧会へ出品することも考えろと、いろいろと助言をしてくれた。才能があるとも言ってくれたのだ。

　未来に期待が膨らみ、自分一人でも生きていけると過信した。……だが、結局は庸一や周りの人に反対され、その上母の容態の悪化、家の雑務、それから書の仕事を切り回しているうちに、そこから出られないような環境を作られ、外界から遮断されてしまっていた。

「急に連絡なんかして驚かれたけど、喜んでもらえたよ」

　どんな状況でも、絵筆はずっと持っていたことを知ってもらい、溜め置いたスケッチを見てもらった。そうして得た今回の挿絵の依頼だ。

「だろ？　宗司の絵を知ってる人なら、絶対戻ってこいって思うんだって」

「そうだといいんだがな」

「絶対そうなる。これからはいいことしか起こんねえから」

　楽観的だが確信を持った孝祐の言葉に、勇気づけられる。実際、この男と関わってから、いいことばかりが身の回りで起こっている。孝祐はたまたまいろいろな時機が重なったのだと言うが、そうではないと宗司は思う。

　孝祐の生活力——生きるということに対しての愚直なまでの貪欲さが、茨道をなぎ倒していく推進力となり、それが宗司にも影響したのだと思っている。

　馬鹿みたいなトラブルに巻き込まれ、人に買われ、取引に使われながら、最後まで絶望しなかった。どこまでも図太い神経で、どんな状況にあっても、自分を見失うことがない。

その力強さと明るさ、潔さに宗司は目を見張り、強烈に魅せられたのだ。

「さっき、桐谷から電話が来た。弁護士から連絡が行ったそうだ。話が本格的に動くことになりそうだ」

「ああ、そうか」

手を動かしながら返事をする孝祐の声のトーンで、宗司が報告する前に、このことを知っていたのだと分かった。

「溝口に聞いたのか？」

「ああ、うん。ええと、……今日店に来た」

「……あの野郎」

低い声を出す宗司に、孝祐が苦笑している。

「客としてだから。おとなしいもんだったぞ」

あいつはちょくちょく孝祐の働いている店に顔を出しては宗司の状況を聞き、自分からもいろいろ話していくらしい。

孝祐の説得で、溝口親子との関わりを持つようになった宗司だが、それでもすべてのわだかまりを取り去ったわけではない。溝口が孝祐にしたことは絶対に許せないし、自分がいないところで会ったなどと言われれば、当然面白くないのだ。

「大丈夫だって。俺にちょっかいなんかかけたら大惨事になるって、分かってるだろ、あいつも」

楽しそうに笑い、宗司の顔を下から覗き込んでくる。

「あんまりあの男に気を許すなよ、孝祐」

「わーかってるって。あっちも事務所を壊されたりとかされたくないってさ」

ネギに包丁を入れながら、孝祐が機嫌のいい声を出す。

「……楽しそうだな」

「そんなことねえよ」

何が楽しいのか理由は分かる。宗司の嫉妬心と独占欲を確認し、それに満足しているのだろう。

「飯の時に酒は飲むなよ」

宗司の声に、包丁を持つ手が一瞬止まり、また何事もなく動いていく。

「なんだよ。お仕置きタイムってか？　マジでなんにもねえよ？」

「そういうんじゃない。とにかく酒は飲むな」

酒を飲んでしまうと、縄を使えなくなる。仕置きのつもりはもちろんないが、今夜孝祐を縛り、その姿を描きたくなったのだ。

「だいたい、仕置きするために縄を使っても、孝祐には仕置きにならないだろうが」

孝祐が剣呑な目で睨み上げてきた。その目を見下ろし、宗司は笑顔を返す。

「乾杯は明日にしよう。だから今日は酒を飲むな」

孝祐が再び視線を落とし、ネギを刻み始める。「分かった」と、小さく了承の返事が聞こえた。


縄を持つ宗司の手を、孝祐がじっと見つめている。

真紅の縄は色の白い孝祐の肌によく映える。これを巻きつけた時の姿を想像し、宗司は目を細めた。

「どんな恰好(かっこう)がいい？」

宗司の問いに、孝祐は「知らねえよ」と答えた。素っ気ない返事のわりに、宗司の手にある縄を見つめる目元が仄(ほの)かに赤い。

「縛られる前から嬉しいのか？」

「んなわけない」

「恥ずかしい恰好にしてやろうか」

気丈に睨んでくる目に、期待が籠(こも)っているのが分かる。

「そうか。そういうのがいいんだな」

「馬鹿。いいわけないだろ！」

悪態をつく声が上擦っている。初めて会った時から孝祐はそうだった。この男の官能は、羞恥を煽られることで増大するのだ。

「俺が溝口と話したからって、怒ってるのか？」

「だからそんなことはないと言っているだろう。面白くはないと思っているがな」

「ほらな」

「右手で右の踵を摑め」

孝祐が言われた通りに自分の足を内側から摑む。そこに縄を潜らせ、手首をきめる。

「あ……」

「なかなかいい恰好じゃないか。どうだ？」

座ったまま大きく外側に開かせた状態で、脛と腕を同時に縛り上げていく。

「嫌……だ」

「嫌でも今日はこうすると決めた。動くなよ。力を抜いて足を開け」

もう片方の足も同じようにして摑ませ、縄を編んでいった。

自分の踵を摑んだまま大きく足を広げ、陰部をさらけ出した「蟹縛り」が出来上がる。

「関節をきめてあるから、全然動けないだろう？　いい景色だ。……綺麗だな」

「ん……、ん、ぅ……」

孝祐の唇から、苦痛からではない呻き声が漏れていた。縛られただけで、下半身がすぐに変化をし始める。

宗司が見ている前で、勝手に勃ち上がったペニスから、たらたらと蜜を溢れさせていた。

「ぁ……、ふ」

小さく開いた唇からは吐息が漏れ、すでに目が潤んでいる。

酩酊は縄を目にした瞬間から始まっていた。孝祐が「縄酔い」をしている。

「だいぶ感じているようだな。そのまま少し待っていろ。……動くなよ」

酔っている孝祐を放置して、スケッチの準備を始める。宗司が動いている間、それを目で追いながら、孝祐はじっと耐えていた。蕩けきった顔はあどけなく、それでいて壮絶に淫らだ。

紙を床に置き、その上に筆を置いた。線を描き、孝祐の妖艶な姿を写していく。

描かれている間にも、孝祐のペニスは萎えることもなく、宗司の視線に反応するようにヒクヒクと震えていた。

「……あ、ぁ、……ん、ぁ……、んん、ぅ」

むずかるような声を出し、孝祐が宗司を誘ってくる。すぐにでも触りたい衝動を抑え、その姿を写生していった。

「凄くいい顔をしている。気持ちいいのか？」

「あ、あ、……宗司、ぁ、宗司……もう、……」

昂ぶった声で宗司を呼び、襲ってくる快感を逃そうと首を振る。

「なんか……、変、ぁ、ぁあ、宗司、……なん、嫌だ、……ぁああ、いや、ぁだ」

舌が回らなくなったようにして孝祐が助けを呼んだ。

「イキそうか……?」

「んんんんぅ……、ぁ、やぁ、……っ、あ、あ」

嬌声を上げながら、不自由な身体で腰がうねる。縛られ、見られているだけで、孝祐が達しようとしているのだ。

「宗司……、んん、は、ぁ、は、は……そう、じ……ぃ」

「イキたいんだろう? ……見ててやるから。そのままイってみろ」

涙目のまま唇を噛み、耐えようとするが、襲ってくる愉悦に揉まれるようにして、身体が揺れ始めた。

「あ、……ん、ぁあ、ん、んぅ、……あ、あっ、あっ、も……だめ、だ、めぇ……」

顎を跳ね上げ、一際高い声を発し、孝祐が絶頂を迎えた。紅い縄の巻きついた足の間から、勢いよく白濁が飛び散る。

「ああっ、……ああ、……っ、あ――――」

拘束され、ほとんど動けないままの身体で、孝祐が悦楽に浸っている。出し尽くしたあとも官能が去らないらしく、小さく鳴きながら不自由な体勢のまま身悶えしていた。

「……凄いな。まだ足らなそうだ」

「そ……んな、こ……っ、ふ、……んぁ」

勃起したままのペニスがフルフルと揺れ、孝祐の足先が丸まっていく。

「またイクか……？」

「は、ぁ……ぅじ、そうじ……」

舌足らずの声で哀願され、宗司は筆を置き、自分を欲している男の側に行った。

「宗司……、なあ、……宗司」

足を広げたまま腰を突き出すようにしてねだってくる。

「入れられたいのか。このまま……？」

「ん、ん」

コクコクと頷き、孝祐が見上げてきた。薄く開いた唇から、チロチロと赤い舌をひらめかせながら誘ってこられ、思わずそこに貪りつく。

「は……ふ」

喉が渇いているみたいに、宗司の舌に絡みつき、強い力で吸ってこられた。

「そのまま、身体のどこにも力を入れるなよ」

負担がかからないようにゆっくりと慎重に孝祐の身体を押し倒す。仰向けになり、広げられたままの足の間にある窄まりに、指を埋め込ませていった。

「ひ、……、んんん、ぅ」

一瞬止めた息を意図的に吐き出し、懸命に受け入れようとしている孝祐の頰を撫でてやり、再びキスを落とした。孝祐自身から吐き出されたぬめりを借り、少しずつそこを広げていく。

紅い縄に縛られた、しなやかな肌が紅潮し、汗が浮いて光っていた。均整のとれた身体が、艶めかしく蠢き、宗司を誘う。

乱暴に突き入れ、はげしく揺さぶってしまいたいが、それをすれば孝祐が壊れる。

縄で拘束されている孝祐と、暴走しそうな劣情を理性で制御しなければならない自分との間で、お互いの欲望だけが膨れ上がっていく。

「宗司……もう、早く……っ」

指の刺激だけでは足りなくなった孝祐が、駄々を捏ねるように首を振りながら、宗司を見上げた
「……欲しいか？」

今更の問いに、孝祐が甘く睨み、視線で返事をしてくる。

「動くなよ。感じても……我慢しろ」

「ん、……ん」

肌を撫でればそれだけで達してしまうだろう。身体のどこにも触らないように注意をし

ながら、孝祐の様子を観察する。

　縄を解いてしまえばことは簡単だが、孝祐はそれを望んでいない。この窮屈な状態のまま、宗司に貫かれたいのだ。

「孝祐」

　指を抜いたそこに熱塊をあてがう。喉を晒し、仰け反りながら、孝祐がそれを待つ。

　ゆっくりと体重をかけ、少しずつ埋め込んでいった。孝祐の喉がくぅ、と鳴り、言いつけ通りに動かずに宗司を呑み込もうとしてくる。

　何度も合わさった身体はすぐに馴染み、奥深くへと招き入れてくる。焦らないように慎重に、腰を進めていった。

「……あ、ぁ、……ぁぁぁあ――」

　か細く高い声を上げ、孝祐が再び達した。

　ほんのわずか引き、もう一度腰を押し込むたびに、そこから白濁が溢れ出る。同時に中をきつく締めつけられ、宗司の口からも呻き声が上がった。

　孝祐の顔の両脇に手をついて、スローモーションのような動きで腰を送っていく。孝祐は恍惚の表情を浮かべ、開きっぱなしの唇からは、艶めかしい声が絶えず発せられていた。

「ぁあ、……ああ、っ、あぁぁ」

「……いいのか？」

　腰を揺らしながら宗司が聞くと、目尻から涙を零しながら、孝祐が頷いた。

「いい、……っ、ぃい、……は、はぁ、はあ……、ぃい……」

　声とともに宗司を包んでいる襞が絡みつき、持っていかれそうになる。喉を絞り、目を瞑って、やってくる絶頂感をやり過ごそうとした。

　不自由な身体のまま宗司を呑み込み、今は羞恥も忘れ、孝祐が快楽を貪っている。無邪気なまでに貪欲なその姿に、愛しさが募った。この男が望むなら、いつまでも繋がって、与え続けたいと思う。

　深いところに埋め込んだまま細かく腰を震わせると、小さな子どものようにしゃくり上げ、孝祐が涙を流した。

「宗司ぃ……ああ、そ……うじ、宗司……」

　うわ言のように自分の名を呼び、孝祐が揺れ続ける。可愛らしい声を上げているそこに自分の唇を重ね、どこまでも付き合ってやろうと、宗司も身体を揺らし続けた。

あとがき

こんにちは、もしくははじめまして、野原滋です。

この度は拙作「買われた男」をお手に取っていただき、ありがとうございます。

緊縛、春画、和装にオークションと、盛りだくさんでお送りしました！　淫靡でエロいのを……と、気負って筆を進めていたのですが、終わってみたらコメディチックになっておりました（笑）。やくざ顔の箱入り息子というフレーズが気に入っています。

イラストをご担当くださった小山田あみ先生。素敵なイラストをありがとうございました。もう大、大、大ファンで、自分の話にイラストをつけていただき、大変感激です。

担当さまにも大変お世話になりました。いろいろと融通をきいてくださり、感謝です。

そして、最後までお付き合いくださいました読者さまにも厚く御礼申し上げます。

能天気で乱暴な伊達男と、頼りになりそうで全然頼りにならないどころか、嫉妬丸出しで暴走するやくざ顔との悲喜劇を、どうかお楽しみいただけますように。

野原　滋

本作品は書き下ろしです。

ラルーナ文庫

この本を読んでのご意見・ご感想・ファンレターなどお待ちしております。〒111-0036 東京都台東区松が谷1-4-6-303 株式会社シーラボ「ラルーナ文庫編集部」気付でお送りください。

買(か)われた男(おとこ)

2017年5月7日 第1刷発行

著　者	野原(のはら) 滋(しげる)
装丁・DTP	萩原 七唱
発行人	曺 仁警
発行所	株式会社 シーラボ 〒111-0036 東京都台東区松が谷1-4-6-303 電話 03-5830-3474／FAX 03-5830-3574 http://lalunabunko.com
発　売	株式会社 三交社 〒110-0016 東京都台東区台東4-20-9 大仙柴田ビル2階 電話 03-5826-4424／FAX 03-5826-4425
印刷・製本	シナノ書籍印刷株式会社

ISBN978-4-87919-989-8